大河奋楫

周淑娟
何圭襄
著

本书列入江苏省作家协会2022年度重大题材文学作品创作工程

中国言实出版社

图书在版编目(CIP)数据

大河奋楫 / 周淑娟，何圭襄著. —— 北京：中国言
实出版社，2024.2
ISBN 978-7-5171-4758-9

Ⅰ.①大… Ⅱ.①周… ②何… Ⅲ.①纪实文学—中
国—当代 Ⅳ.①I25

中国国家版本馆CIP数据核字（2024）第050475号

大河奋楫

责任编辑：王建玲
责任校对：张天杨
题　　字：王国宇

出版发行：中国言实出版社
　　　　　地　　址：北京市朝阳区北苑路180号加利大厦5号楼105室
　　　　　邮　　编：100101
　　　　　编辑部：北京市海淀区花园路6号院B座6层
　　　　　邮　　编：100088
　　　　　电　　话：010-64924853（总编室）　010-64924716（发行部）
　　　　　网　　址：www.zgyscbs.cn　电子邮箱：zgyscbs@263.net

经　　销：新华书店
印　　刷：徐州绪权印刷有限公司
版　　次：2024年4月第1版　2024年4月第1次印刷
规　　格：880毫米×1230毫米　1/32　10印张
字　　数：177千字

定　　价：62.00元
书　　号：ISBN 978-7-5171-4758-9

周淑娟，江苏徐州人，毕业于华中科技大学中文系，中国作家协会会员、中国红楼梦学会会员、中国报告文学学会会员、中国散文学会会员，江苏省作家协会第九届委员会委员。在纪实散文、报告文学、文学评论、《红楼梦》研究等领域取得了一定成就。散文集《纵横红楼》获第八届冰心散文奖，报告文学《贾汪真旺》（合著）获江苏省第十二届精神文明建设"五个一工程"优秀作品奖、第五届江苏报告文学奖等。

何圭襄，原名何桂香，江苏南通人，毕业于华中科技大学中文系，现供职于徐州报业传媒集团。江苏省作家协会会员、中国报告文学学会会员、中国散文学会会员，高级编辑。曾获江苏省第十届戈公振新闻奖和徐州市首届汉风文华奖等。新闻作品《五问县级公立医院改革》获第二十四届中国新闻奖一等奖，报告文学《贾汪真旺》（合著）获江苏省第十二届精神文明建设"五个一工程"优秀作品奖等。

自序 | 我会想念这个夏天

周淑娟

为创作长篇报告文学《贾汪真旺》，我开始接触京杭大运河。

那是 2018 年。我去了运河边的几个小村庄，马庄，瓦庄，解台村……我到了运河支队抗日纪念馆，从历史中倾听打捞抗日英雄壮怀激烈的故事……我站在运河边的码头上，看一条大河如何肩负起新时代的奋斗担当……我遇到很多人，农民、企业家、手工艺人、民间书法爱好者……在与他们的交谈中，我一点点地了解大运河的历史、地理、文化、风俗以及她的性格、气质。

大运河在徐州境内不足二百公里，有些短。但是，她又很长——一头连着起始处的杭州，一头连着终点处的北京；一头连着春秋时期的风云传奇，一头连着无限可能的民族未来。这是京杭大运河的神奇之处、独特之处。

《贾汪真旺》完成后，我有了更大的野心，用双脚去走更远的路，用双眼去打量更悠长的河流。至少，访遍运河沿线的江苏城市。

如果说，对徐州境内运河的书写，仅仅停留在微观层面的话，那么选取运河江苏段的城市再作一次采风和写作，可以算是在中观层面对京杭大运河进行一次观察和解析。也许，未来我还会继续行走，走完从杭州到北京的全部路程，对大运河进行一次宏观的观察和体验。这是我的后续计划。

话说回来，这次在江苏境内的运河城市采风，难度也很大。如何反映一条河——它的历史、文化和生态，它的过往、现在以及未来，这个问题曾经困扰得我夜不能寐。直到有一天，我忽然明白，面对千里运河、悠悠流水，我所需要的仅为一瓢。

弱水三千，只取一瓢饮。

一念三千，蕴含大千世界。

完成了对京杭大运河江苏境内八个城市的采风，究竟走了多少路？数字并不重要。如果走不进人物的内心世界，触碰不到他们的精神内核，再远的路也是白走。

我很幸运，我走进了受访者的内心，感悟到他们跌宕起伏的人生与大运河密不可分。人依河而生，河依人而活。如果没有芸芸众生万花筒式的人生，运河将会多么寂寥、荒芜啊。

美国自然文学开创者之一、环保主义者先驱缪尔说："如果一个人不能爱置身其间的这块土地，那么这个人关于爱国家之类的言辞也可能是空洞的，因而也是虚假的。"

　　我走过河堤，走过村庄，走过街道，走过码头，走过驿站，走过稼禾，走过野草——它们不是运河，但又存储了大运河的密码。

　　幸运的是，在行走的过程中，我在苏州、无锡、常州、镇江、扬州、淮安、宿迁、徐州，遇到了一些人。

　　请允许我将他们的名字记录在此：在砚台的世界里潜心打磨的苏州人蔡春生、无锡宜兴会创业爱旅游的夏正平、以一壶好茶致敬"茶圣"陆羽的周薇平、常州乱针绣"国大师"孙燕云和"破局者"吴澄母女、在镇江宝华山脚下经营三十六季客栈的邢葆青、扬州斫古琴抚古琴的单卫林单立父子、为大运河留影长达十六年的淮安摄影师贺敬华、宿迁沭阳从事花木销售的胡道中和李敏、两次到第二故乡九江抗洪抢险的徐州英雄序守文。

　　无一例外，他们都是生活中的普通人。起码，我将他们视为普通人，然后再去挖掘并呈现哪怕一点点不普通的地方。琐碎的日常、平凡的友谊一旦置于文学的幕布前，就具有了别样的意味。每一个生命都值得写作者去认真对待——

他们的奋斗也罢、困惑也罢、艰难也罢、成就也罢。

是大运河将他们带到我面前，带到我笔下，带到你们面前。这一切的发生，是那样自然。就像河水，总是流向它们向往的地方。

每一个人，都以流水的韧劲，一路向前，使劲冲刷着自己的生命河床，让命运的大河更加开阔。

一个人能不能代表一个地域？既能，又不能。正因为这既能又不能，才让我决心去倾听他们、记录他们、理解他们。

理解了他们，也就加深了对大运河的理解。记录了他们，就是记录了一个人和一条大河的关系。他们的今天，就是大运河的今天。他们的故事，就是大运河的故事。

他们是千里运河的一滴水，是沧海桑田的一朵浪花，发散出晶莹透明的生活本色和时代之光。换个角度来看，每一个生命又是一条大河，展现了个体命运与民族精神的互相映照。

正如每一滴河水都滋养了一条生命，每一种强烈的人生感受也被我灌注到一粒粒文字当中。当您读到这部作品，恰似我的生命之河流经了您的生命。我坚信，您的生命之河也流经了我。

交汇处，必有浪花。

文字的大河，浩浩荡荡，珍藏所有的表情、动作、气味、轨迹。

写作需要勇气，一旦开启就是一场疾行。茶不思，饭不想，头不梳，脸不洗，内心躁动不安，晚上无法成眠。那种兴奋，其实很苦，只有经历过的人才知道。那种累，只有"爬天扑地"这个说法比较准确。写完了，长出一口气，然后是修改，一遍又一遍，不能忍受自己的"建筑"出现任何瑕疵。终于定稿了，以为可以入睡了，不过大脑并不听你的，依然无法停下来，因为已经习惯了像电脑那样高速运转。几天后，从急流进入浅滩，从险峰走向谷底，总算把写完的作品慢慢放下。可是突然有一天，看到了什么或听到了什么，你又打开了电脑，拿起文章开始增删、腾挪。

一些事情看似简单，其实不容易，是对脑力体力、情商智商的考验。你要让你的受访者开口说话，并且说出心底的话——关乎山乡巨变，关乎乡村振兴；你要让你的受访者站在城乡的人文与历史之前——一个地域就有一种别样的个性，一个人物就有一个地域的特征。因此，写一个人，不仅要了解他的工作和生活，还要了解他所在的城市以及城市精神。你要走很多路，说很多话，看很多书，写很多字，腰酸腿疼很多天，兴奋失眠很多个夜晚，然后才会有一篇文章、一本书。所以，写作的人，尊重自己，更尊重别人。

高强度的脑力劳动后，需要热风吹，需要太阳晒，需要买书看，需要静坐在天地之间，需要感知远方。如同一株树，一朵莲。

走过最冷的天、最热的天，见过陌生人、老朋友。有赶路的累，有写作的苦，经历了无法入眠的烦恼，拥有过无法传达的笃定。

多年之后，我会想念这个夏天。因为一次酝酿了很久的写作，因为一条南北走向的大河。

母亲曾说，老年人身上挂满了岁月。大运河如同百岁老人、千年古树，她的身上，又挂满了什么？

每一次走近运河，甚至每一次想起运河，她都以自己的悠长、宽阔、深沉、明澈，对我施以援手——这是一条坚韧的大河，更是一条治愈的大河。

有一点小小的遗憾，为了这次写作所进行的采风，尽管目的地都是江苏运河城市，然而没有一次出行是踏浪而行的。每一次出发和抵达，要么是高铁，要么是高速，始终没能以乘船的方式来一次纵贯江苏南北的出行。我知道，在这条沟通南北的大水之上，定有不少"运河船王"。如果某一天机缘具足，我能跟随船队来一次水上旅行，或许会捧出一本视角崭新的运河之作来。

我在期待。

让我们一起期待。

目 录

引子丨一条自带芬芳的大河　　　/ 001

砚田耕者　　　/ 015

生如夏花　　　/ 045

茶中三昧　　　/ 081

乱针从容　　　/ 109

宿于山野　　　/ 145

琴声悠远　　　/ 177

飞阅运河　　　/ 207

花木自香　　　/ 227

永远一兵　　　/ 255

附录丨一条流经《红楼梦》的大河　　　/ 281

后记丨以第二作者之名　　　/ 300

引子 | 一条自带芬芳的大河

纵贯江苏南北的京杭大运河，是一条自带芬芳的大河。我这样说，是有根据的。为了写作这本书，我多次从徐州出发，一次次南下，沿着运河，循香而行。

在苏州，她散发桂花之香；在无锡，她散发梅花之香；在常州，她散发月季之香；在镇江，她散发杜鹃之香；在扬州，她散发琼花之香；在淮安，她散发月季之香；在宿迁和徐州，她散发紫薇之香。

春天，她香得馥郁；夏天，她香得热烈；秋天，她香得高远；冬天，她香得清冽。

京杭大运河，不仅是金色的财富之河、绿色的生态之河、多彩的文化之河，还是一条自带芬芳的大河。因为这芬芳，京杭大运河也就成了生活之河、众生之河。

那一年夏天，家住微山湖畔的朋友邀我去玩。他家有一艘摩托艇，一条竹筏。我和友人先是在村口的码头看天看地，然后坐上他的摩托艇。摩托艇发出轰鸣声，驶离码头，昂首驶入小河汊。连拐两个大弯之后，水面突然开阔起来——前面就是微山湖了，连天的荷叶铺满了水面，荷花风姿绰约，莲蓬亭亭玉立。摩托艇慢了下来，围着荷花慢慢悠悠地转过来转过去——我们不舍得离开。远方，浓云蔽日，水天一色。近处，荷叶田田，花我两忘。

微山湖是京杭大运河的行水之道。那一天，我是在湖水之上，还是在河水之上，实在说不清。

这种说不清的情形，不仅在河湖交汇处，也在长江与大运河交界处、淮河黄河海河与大运河的汇合处。从杭州一路北上，京杭大运河分别与钱塘江、长江、淮河、黄河、海河交汇。如果，你硬要分清哪是江水、哪是河水、哪是湖水，那只能说明你犯傻了。贯通的水系告诉我们，江河湖泊密不可分。哪怕是我朋友村子里的那条小河汊，它也不是孤立的，你尽可以把它看作运河大动脉的一支毛细血管。

如果遍布祖国各地的大江小河组成了一套血液循环系统，那么每一个中国人都是这血管里不停运动的一粒红细胞。

徜徉在河湖不可分的水面上时，我想，我是这血脉里的一粒红细胞。

我一直在努力加深对京杭大运河的认知。我读过夏坚勇的《大运河传》，也看过大型歌剧《运之河》，还以《红楼梦》为出发点探究过曹寅与京杭大运河的关系，又从意大利的《马可·波罗游记》、朝鲜的《漂海录》等史籍中阅读过元明时期中国大运河的故事。这还不够，我还走访了徐州新沂的窑湾古镇、宿迁的龙王庙行宫、淮安的里运河、扬州的东关古渡口、镇江的西津渡、常州的毗陵驿、无锡的泰伯渎、苏州的阊门等处，试图了解这条传奇的大河、富饶的大河，渴望从这条民生的大河、文化的大河中汲取养分和力量。

全长 1797 公里的京杭大运河，流经浙江、江苏、山东、河北四省及天津、北京两市，贯通钱塘江、长江、淮河、黄河、海河五大水系。2014 年 6 月 22 日第 38 届世界遗产大会上，中国大运河正式成为中国第 46 个世界遗产项目。

华夏版图上，有一个大写的"人"字，那有力的一撇是长城，轻盈的一捺是运河。不到长城非好汉，多年前，我曾在那一"撇"上感受过辽阔和高远。多年后的一个酷暑，我到了扬州，在中国大运河博物馆驻足良久，就为了探寻那一"捺"的前世今生。

一群人围在一幅地图前，看着那亮闪闪的一"捺"，惊呼，拍照。一个风尘仆仆的中年妇女，带着一对老年夫妻，在人群里分外显眼。中年妇女对我说，她从北方来，要带着父母走遍运河沿岸城市，一直向南，直抵杭州。

大运河青睐江苏。江苏段恰好位于大运河的中部，纵贯南北790公里——不仅仅指著名的京杭大运河，还包括通济渠（汴河）。在中国大运河全线，江苏段有很多"最"：通航里程最长、保存状况最好、利用率最高、开凿时间最早、覆盖地域最广、沟通水系最多、文化积淀最深……

江苏的城乡发展，得益于大运河的哺育和滋养，经历了从"运河时代"到"江海时代"的变迁，形成了"沿运、沿江、沿海"的城市群格局。

运河流经的江苏城市，各具特色，辨识度很高。徐州和宿迁，处于中国南北过渡地带，历来为兵家必争之地，是楚汉文化中心城市，彰显的是"大汉雄风，豪情运河"。楚汉文化和吴文化在江淮区域交融，淮安是大运河江苏段文化遗产分布最密集、价值最独特的地方。扬州是中国大运河最古老的一段，也是中国大运河的原点城市。镇江，以江河交汇、南北交融著称，形成了独特的运河文化。苏州、无锡、常州是吴文化的中心城市。常州是江南府州重地，无锡的古运河被称为"江南水弄堂，运河绝版地"，苏州的则是"天堂苏州，苏式运河"。

"黄运分离"的宿迁、"淮上江南"的淮安、运河原点城市扬州、潮平两岸阔的镇江、城水相依的常州、"千里运河独一环"的无锡、水系贯通的苏州，与我的家乡徐州一起，堪称江苏的八颗珍珠。运河将它们串珠成链。

徐州是国家历史文化名城，徐州段是京杭大运河中重要的一段。大运河在徐州境内绵延181公里，约为全长的十分之一。南宋初年，黄河夺泗入淮。元明时期，徐州黄河河道成为运河河道。至元三十年（1293年），京杭大运河全线通航，而徐州早在十年前就提前进入了"京杭大运河时代"。从那时起到2023年，大运河已经与徐州这座古城相依相伴了740年。

徐州"冈峦环合，汴泗交流，北走齐鲁，西通梁宋，自昔要害地也"。古时，徐州不仅陆路发达，还是一座"水城"，水系纵横，水量丰沛，水运忙碌，流经徐州的有泗水和汴水，闻名于世的有故黄河和大运河。

黄河与运河同时流经徐州，这种情形在全国众多城市中并不多见。"黄运一体""借黄行运"，黄河与大运河在徐州，有时如挚友，有时像冤家，既互相依存，又各自独立。

了解了那么多知识，走访了那么多地方，等到我着手书写大运河的时候，我才发现，我所接触、了解的大运河，仍是那样的漫长、深邃、宽广、丰茂。我无法以一己之力去表现她，并表达对她的敬意。

写作时，我喜欢使用一些既能表现时间、又能表现空间的不确定词语，就像我现在使用"悠长"来形容京杭大运河。

从北京到杭州，大运河绵延近 1800 公里，在世界运河名册中熠熠生辉。从时间上来看，始凿于春秋时期的京杭大运河，也是世界上最古老的运河之一。

京杭大运河的古老，不仅指它本身历史之悠久，从春秋时期到当下绵延了 2500 多年，而且，由她串联起来的城市，也和她本身一样，既古老，又新鲜。

苏州，吴王阖闾使伍子胥在此筑城为都；无锡，句吴太伯都之所；常州，延陵郡吴季子采邑之西水关府；镇江，孙权涉丹徒筑铁瓮城，即润州城；扬州，吴王夫差在这里挖下邗沟第一锹土；淮安，韩信寄食受辱之地；邳州，仲尼在剡子庙问官；徐州，项羽定都之所，刘邦发迹之处。

是运河滋养了城市吗？是的。是城市滋养了运河吗？是的。

河水不滞，古城日新。

我想起了一个外国人的故事，也与京杭大运河有关。

明弘治元年，也就是公元 1488 年，朝鲜的中层官员崔溥，奉公出差，不想船只在海上遭遇了暴风，从朝鲜半岛漂到了中国浙江台州府临海县。中国官员将他们一行四十余人由台州送到了杭州，然后他们沿着京杭大运河一路北上，至北京后转鸭绿江回到朝鲜半岛。

幸运的是，崔溥是一名中国通，汉语水平极高。回国后，他回忆起这段经历，用汉语流利地写下了五万余字的《漂海录》，作为"内部资料"呈献给国王，也为我们留存了明朝时期中国政治、军事、政制、城市、自然、风物、人情、宅第、衣着、交通等方面的第一手资料。

作为一个徐州人，我自然关注崔溥笔下的徐州：

> 初三日，过徐州。是日雨，大风。晓过九女塚、子方山至云龙山。山上有石佛寺，甚华丽。其西有戏马台、拔剑泉。又过蝗虫集、夫厂、广运仓、国储门、火星庙，至彭城驿。登庸门，进士朱轩在驿前。徐州府城在驿西北二三里。徐州，古大彭氏国，项羽自称西楚霸王定都于此。城之东有护城堤，又有黄楼旧基，即苏轼守徐时所建。苏辙有《黄楼赋》至今称道。臣等自驿过夫厂，厂在两水交流之中。过至百步洪，泗、洙、济、汶、沛水合流自东北，汴、濉二水合流自西北，至徐州城

北，泗清汴浊会流，南注于是洪。洪之湍急处虽不及梁之远，其险峻尤甚。乱石错杂，磊砢如虎头鹿角，人呼为翻船石，水势奔突，转折瓮遏，激为惊湍，涌为急溜，轰震霆，喷霞电，冲决倒泻，舟行甚难。臣船自工部分司、清风堂之前，用人功夫百余，循两岸牵路，以竹索缚舟，逆挽而上。臣与傅荣等上岸由牵路步行，见铺石坚整，问于荣曰："治此路者其有功于后世乎！"荣曰："在昔，此路湫隘，稍遇水涨，无路可寻，水退则土去石出，艰于步履。近年，郭升、尹庭用相继修补，用石板礕砌，扣以铁锭，灌以石灰，故若此坚且固矣。"夜至汴泗交流之会，留泊。

从杭州北上，徐州也许是京杭大运河流程中的第一个高潮。百步洪的艰险，已经定格于崔溥惊心动魄的文字中。而地形险恶、洪水凶猛的吕梁洪则被记录在《水经注》里："泗水之上有石梁焉，故曰吕梁也……悬涛漰渀，实为泗险，孔子所谓鱼鳖不能游。又云悬水三十仞，流沫九十里。"

从历史的惊涛骇浪中回过神来，再看一看今天京杭大运河宽阔的航道、如云的船只，不禁感叹人民治河力量的伟大和神奇！

《漂海录》走向世界的过程，也是中国大运河走向世界的过程。

　　崔溥死后七十年，朝鲜宣祖六年、明万历元年（1573年），《漂海录》在朝鲜付梓刊行。日本人得到《漂海录》后，如获至宝，清田君锦于1769年将之翻译成日文，更名为《唐土行程记》。美国约翰·万斯凯尔则于1965年将此书译出，更名为《锦南漂海录译注》。1979年，崔溥后裔崔基泓将《漂海录》译成朝鲜文字，在汉城（今首尔）出版。直到1992年，北京大学葛振家教授校勘点注《漂海录》，这部用汉语写就的典籍才与中国人见面——暌违了五百余年。

　　京杭大运河走向世界，比我们想象的任何时间都可能要早一些。《马可·波罗游记》记载了马可·波罗从北京出发，沿着京杭大运河一路南下的经历。书中不乏他游历大运河沿线淮安、宝应、扬州、镇江、杭州等地的见闻，读来如睹。

　　马可·波罗出生于意大利威尼斯一个富裕的商人家庭，十七岁时跟随父亲和叔叔来到中国，后由山东到达江苏扬州，并在杭州生活多年，甚至担任元朝官职十七年。

　　从"船舶众多，在黄色大河之上穿梭"的淮安，抵达当时的重镇扬州，马可·波罗沿着运河大堤骑马而行，途经生活必需品丰富的宝应、工商业兴旺的高邮。他还到过运河入江口的瓜洲。这个江岸的小城镇是小麦和大米的集散地。大运河畔的临清曾给马可·波罗留下深刻印象："沿途见有环墙之城村甚众，皆隶属大汗，其中商业茂盛，为大汗征赋税，其额甚巨，此强格里城（指临清）中夹有一宽而深的河流经过，河上运输有丝、香料及其他，巨贾货物不少。"

《漂海录》同样提到了徐州、淮安、扬州等地的繁华兴盛："江以北，若扬州、淮安，及淮河以北，若徐州、济宁、临清，繁华丰阜，无异江南。""凡往来使命、贡献、商贾，皆由水路；若或因旱干闸河水浅不能通船，或有火驰星报之事，则由陆路。盖扬州府近南京，只隔三驿，且闽、浙以南皆路经此府以达皇都，故驿路甚大……"

生命在于运动。对一条河来说，它的生命就在于流动。

我站在徐州市贾汪区的双楼物流园区的港口作业区高大的桁架之下，放眼远眺，宽阔的河面波澜不起。习习凉风里，一艘货轮满载着集装箱缓缓驶离岸边。

它将驶向何方？从徐州、宿迁南下，到淮安到扬州，然后进入长江。此后，也许它将上行到达九江、武汉、重庆，也许它会下行抵达太仓、南通、上海，甚至更远的远方。

站在繁忙的码头上，抬眼处尽是码得高高的集装箱。从这里，大庙、塔山的大米、黄豆、麸皮，源源南下；利国的生铁、丰县沛县的罐头、山东济宁的金针菇、安徽阜阳的成品纸、安徽萧县的耐火建材、河南商丘的面粉等，也从这里转运到天南海北。

一艘又一艘千吨级大船，行驶在京杭大运河的航道上，来来往往，不舍昼夜。

它们是京杭大运河不竭生命力的象征。

想一想，千百年来大运河渡送、滋养了多少人啊，简直可以说，每一滴水都滋养了一个生命。这里有渴望金榜题名而北上的学子，也有渴慕财富南来北往的盐商茶商米商，还有胸怀天下、忧国忧民的仁人志士，更有不可计数的凭力气吃饭的平头百姓——挖河的，装货的，跑船的，打鱼的，拉纤的。

一条河，融入了多少泪水汗水。个人的命运一旦融入无尽的大河，生命便具有了永生的意义。

听到了很多关于传承的故事。

在父子之间，古琴的制作和演奏技艺在传承。在母女之间，乱针绣的技艺在传承。有人从父辈那里学到了花木培育的所有技能，有人在母亲的引导下进入博大精深的茶世界。在家族中传承的，不仅是一门吃饭的手艺，更是一种艺术精神和民族自信。

传承，是时间之河，是艺术之河，是美的大河。

"中华优秀传统文化代代相传，表现出的韧性、耐心、定力，是中华民族精神的一部分。"习近平总书记在江苏考察时，对传统文化的保护与传承格外关心。

传承首先是一种坚守，耐得住寂寞，守得住孤独。但是，传承又不能止步于技术技巧层面上后代对祖辈的简单复制。你看，单立将古琴带往了更广阔的世界，吴澄将乱针绣推向了更广阔的市场，胡道中将花木引向了更广阔的生活。古人讲"耕读传家久"，放在今天看，"传家久"的，是对艺术的热爱、对美的追求和对事业的那一份执着。

我看到了很多关于创造的场景。

夏正平用文字创造了一个"新江南"，由此我们嗅到了江南气息，珍藏了江南风情。贺敬华用镜头创造了一条"新运河"——存在于光影和观念之中。李敏和乡亲们创造了一种新的生产方式，让手机成为新农具、数据成为新农资。孙燕云用手中的针线创造了一种新人生——把乱针绣和乱针绣博物馆都画成了美丽的风景。单卫林用古老的乐器创造了一种新的时代旋律——既回响于中国大地，又抵达世界各地。

这是本书主人公们的创造。

创造，不止于此。更多的创造正在京杭大运河沿线涌现。工厂、园区、田野、乡村、城市、学校、医院、影院、餐厅……几乎每一处，几乎每一天，都在被勤劳和智慧创造。

传承和创造，是有血缘关系的一对汉语词语。它们，总是并肩而行，就像河的两岸。人在其中流动着，河水在其中流动着，文化在其中流动着——携湖，拥山，挽江，望海。

这是中国大地上独特而美丽的景观。

砚田耕者

各式各样的砚台，置身于宽敞的空间里，像饱经沧桑的智者、收刀入鞘的猛将，又似阅尽世事的英雄，一言不发，却又全是故事。

曾经，它是那么不可或缺。

贵为天子的人，学富五车的人，谋取功名的人，代笔行书的人，著书立说的人……案桌无论大小，都要为它留一席之地。

它，或圆或方，因石赋形，配以文饰，与书为伴，与字为伴，与画为伴。没有它，或许文明的史册中就不会有气韵生动的书画，也不会有华丽藻饰的锦绣文章。

无论是青是绿，是黑是黄，它总能与墨和谐相处。墨和水与之相磨，即产生层次分明的黑，作山画水，成竹成兰。曾经，它是那样的重要。

可今天，在普通人的生活里，再也难见它的身影，也难闻其名声，甚至只能在书画室或博物馆里见到它。它成了收藏品、艺术品，不再是日用品。

它，就是砚。

有的时候，你盯着这个字看久了，都会不禁感到疑惑：这是个什么字啊？

现在，我坐在苏州古城的阊门外。这里是京杭大运河、外城河、山塘河、中市河、内城河汇集之处。

五龙汇阊。

此时，暑假刚过，又非周末，却仍然人流如织。有穿着快递背心的小哥，有穿着汉服的小姐姐，还有摇着蒲扇的大爷，衣着鲜艳的大妈……

市声喧嚣，一人独坐，竟有了隔世之感。

我仿佛看到了英莲。那天是正月十五。阊门里，数不清的灯，数不清的人，裹挟着小英莲身不由己地往前走。她的身影在人群里闪了一下，再一下，忽然就不见了。

小英莲就此走失了。

这是《红楼梦》里的情节。《红楼梦》开篇就说："这东南有个姑苏城，城中阊门，最是红尘中一二等富贵风流之地。"

岂止是在《红楼梦》的创作年代，在唐、在宋、在明、在清、在今，阊门都是"红尘中一二等富贵风流之地"。白居易的《登阊门闲望》里，有"处处楼前飘管吹，家家门外泊舟航"的句子。唐伯虎的《阊门即事》更为洒脱："世间乐土是吴中，中有阊门更擅雄。翠袖三千楼上下，黄金百万水西东。五更市卖何曾绝，四远方言总不同。若使画师描作画，画师应道画难工。"

回过神来，一扭头，就看到了一座二层小楼。蔡金兴砚雕艺术馆就坐落在这富贵之地。

小楼临街，门脸不大，一色青砖到顶。凌霄似瀑，从屋顶倾泻而下，又突然止步于门楣之上。

门把手是一方黄色的长方形木块，上面用繁体写着"一亩砚田"四个字。玻璃门窗里，映照着街上流动的画卷——对面的白墙、绿竹、木窗和路上悠闲的行人。

苏州人的营生手段多。就一项雕刻，就有玉雕、砖雕、木雕、竹雕、石雕、核雕、砚雕等门类。一把把长短刻刀，在一双双灵巧的手间流转，削啊，刻啊，剔啊，一块石头便长出了兰花，一块木头便活成了龙凤，一节竹子便现出了山水，一粒桃核便有了生命……

都说苏州人手巧。是的，世间的财富、快乐、成就、传奇，哪一个不是靠一双双手创造出来的？

蔡春生应约来开门。

一个四十来岁的男子，黑发微曲，戴着眼镜，沉稳、坚定。手掌宽厚，是长期手握刻刀而发力于石的结果。现在，他已经从父亲蔡金兴手里接了家传的砚雕手艺。

扶梯而上，二楼豁然开朗。博古架子，操作台子，矮脚板凳，挺拔石碑，高高低低地错落着，安于自己的位置。各式各样的砚台，置身于宽敞的空间里，像饱经沧桑的智者、收刀入鞘的猛将，又似阅尽世事的英雄，一言不发，却又全是故事——此时无声胜有声。

蔡春生为我一一介绍案子上的砚台。

"这方砚台叫'春江花月夜'，这方是'采菊东篱下'，这方是'黛玉葬花'。"我们绕着案子，目光在一方方砚台上短暂停驻，意象却从一个场景跳跃到另一个场景。当坚硬的石头遇到精美的刻功，再注入文学的元素，便成全了一方砚台的完美。

他低下头，拿起另一方砚台，用手摩挲着说："这件是砚雕'太湖石'，刻了《清明上河图》里的场景。北宋亡国，很多人说是因为徽宗皇帝迷恋太湖石，取它做生辰纲、花石纲。"

他这一说，令我想起了在苏州城里的留园看到的那块巨大的太湖奇石——冠云峰。

徽宗皇帝酷爱石头，专门组织船队到江南搜寻奇花异石，称作"花石纲"。冠云峰，相传就是花石纲的遗物。据说这是苏州城里最大的太湖石，六米多高，九百多岁。太湖石应有的"瘦漏皱透"，它全都有。因何名为"冠云"？清朝时，留园主人用孙女的小名"冠云"来命名它，并建造冠云楼与之相伴相衬。备受钟爱的冠云峰，如同贾宝玉的通灵宝玉，有了飘逸的灵性。它是留园的镇园之宝。

我坐在冠云峰前，背靠竹林，听年轻的导游对一群老年游客讲解："金兵来袭，宋徽宗舍不得扔下冠云峰，便想带着它逃跑，可是怎么能跑掉呢？不亡国才怪！"

"这个有点意思，像小溪，像山泉，我在上面刻了几个蝌蚪。"蔡春生又拿起一方山水画主题的砚台，翻到侧面，那里刻了几个字，"'蛙声十里出山泉。'这是清代的诗句，齐白石画了这个主题的名画。"

"这个是书简的图案，有魏晋风度，所以我刻的是《快雪时晴帖》。"这方砚台端庄大方，湖绿隐隐，看上去像竹简，上面刻着字。

"羲之顿首：快雪时晴，佳。想安善。未果，为结。力不次，王羲之顿首。山阴张侯。"我接过砚来，捧在手上细细赏看。

以砚为纸，以刀作笔，《快雪时晴帖》的内容和风度，就这样被蔡春生的一双巧手，"移植"到一方砚台之上。这样的"稀世珍宝"，是很容易把人引到深远之处的——时间的深处、空间的远处。

蔡春生收藏的苏州古砚在千方左右，以明清和近代的为多。"收藏时不能太在意钱，也许一方砚台只值一两千，但你可能要花七八千去买。如果没有缘分，不建议收藏砚台，这是一个没有底的爱好。要花费代价，钱、精力，还要有正确的思维和认知。"蔡春生说他在收藏领域看到过大量失败的案例，"但是，收藏也给人回馈和滋养。我是入局者，很多收藏者半途而废，到一定时候裹足不前了。没有新的刺激，学习能力也不够，那收藏就没了意思。时时处在学习当中，才有滋养。在方法和认知之间徘徊，相互促进。搞收藏的，都这样。"

古老的砚台，被墨浸染过，有沧桑感。蔡春生平时喜欢收藏有款识、工艺水平高的，尤其是有文人铭文的。

从收藏到了解是很重要的。一些专家研究表象，但并没有从制作和美学的角度去推敲。所以，这也是王世襄功劳很大的原因。他研究家具的款式，研究美感，能让人们了解如何去收藏好的东西，也能让一些工匠有据可依，重新制作出这些东西。

名砚清水，古墨新发，惯用之笔，陈旧之纸，是中国人的文房四宝。砚在"四宝"中虽居末位，但是纸易灰、笔易损、墨易碎，只有砚因为坚固而能够流传恒久。

蔡春生简要梳理了一下中国砚的发展史，为我上了一堂关于砚的普及课。

早在石器时代，中国人就发现可用矿物颜料来美化生活，砚台应运而生。约六千年前的仰韶文化中，已经出现了石砚的雏形。

殷商初期，人们用一块小砚石在一面磨平的石器上压墨丸研磨成墨汁，以笔直接蘸石墨写字，这是砚的原始形态。可是，这样无法写出大字，聪明的古人便试着在坚硬的陶、石、玉、砖、铜、铁、青铜器上研磨。随着墨的普及，砚也逐渐成形。

秦朝，统一六国，文字有了标准范式，砚台也正式登上了"大雅之堂"。汉代刘熙的《释名》写道："砚者研也，可研墨使和濡也。"汉时，砚上出现了雕刻，有石盖，下方以足支撑。魏晋至隋时期，圆形瓷砚出现了，砚台的足由三个变为多个。

唐宋时期，砚台造型更加丰富，砚文化进入第一个繁盛期。

唐代经济文化高度繁荣，砚材以澄泥和石为主，后期开始以石为主，出现了端石、歙石两大专用砚材。箕形砚是唐代常见的砚式，形同簸箕，砚底一端落地，一端以足支撑。

到了宋代，甘肃洮河流域发现了绿石，各地澄泥砚的制作也愈加丰富。至此，近代民间所谓四大名砚正式"集齐"——端砚、歙砚、洮河砚、澄泥砚。

评判一块砚的质量，最基本的，是要考察它的质地细腻程度，看它是不是容易发墨又不损笔毫。

最有名的是端砚，颜色丰富，雅致，有青花、天青、冰纹、石眼、翡翠、蕉叶白、鱼脑冻、金银线等各种各样的纹理。"玉质纯苍理致精，锋芒都尽墨无声。相如间道还持去，肯要秦人十五城。"与端砚并列的歙砚，曾被"宋四家"之一的蔡襄赞为"和氏璧"。

澄泥砚，摸上去如同初生婴儿的小脸，敲击时发出钟磬般的声音，再加上易发墨不伤笔、冬不冻夏不枯等优点，同样受到文人墨客的喜爱，成为案头佳品。

从明代开始，砚台的功用和风格都起了变化，由实用为主转变成强调艺术。砚雕风格端庄厚重，纹饰幽雅精致。

中国砚文化迎来了又一座高峰。

清代是砚台制作的辉煌期，除了前人已用的砚材外，水晶、翡翠、象牙、玉石等名贵材料都被拿来雕刻砚台。这些材料都不适合研磨，因此这些材料制作而成的砚台成为占有者炫耀身份和财富的道具，徒具观赏功能。

"这是中国砚台发展的一个脉络。只有熟悉了这些，才能在收藏时不至于走眼，也才能在制砚时'站在前人的肩膀上'往上走。"蔡春生说。

我突然想起刷到的一条短视频，上海滩的安徽菜馆为了搞创新，将安庆岳西的高山茭白削成毛笔的形状，然后以歙砚为醋碟，醋里又加了墨鱼汁。食客们就用这茭白之笔去蘸名贵砚台里的酱汁。

我把这事说给蔡春生听，他倒没有反对，反而说，这么做也是用一种现代视角重新审视安徽的河山和文房四宝吧。

姑苏古城西，有山名为灵岩。灵岩山石，可制砚。

汉代典籍称："吴人于砚石（山）置馆娃宫。"北宋苏州人朱长文《吴郡图经续记》写有："砚石山，在吴县西二十里，山西有石鼓，亦名石鼓山……有村，其山出石，可以为砚，盖砚石之名不虚也。"

典籍中的砚石山，就是灵岩山。灵岩山上出产的澄泥石，又称嶅村石，有的黄若鳝鱼，有的红似虾头，有的青如蟹壳，自古就是优质砚石。

"苏州褐黄石砚，理粗，发墨不渗，类夔石。土人刻成砚，以草一束烧过，为慢灰火煨之，色遂变紫，用之与不煨者一同，亦不燥，乃知天性非水火所移。"米芾的《砚史》，又岂能忽略苏州砚石？

"灵岩山，去城西三十里，馆娃宫遗址在焉。石之奇巧者十有八，惟灵芝石为最，故名灵岩。西产砚石，即嶅村石，一名砚石山。"清初，徐崧、张大纯在《百城烟水》一书中留下类似记载。

清末民初，大大小小的制砚作坊遍布苏州城内。一业繁荣，必有众多高手大家。苏作砚行销全国各地，甚至海外。随着战乱的到来，这一行当日渐衰落，直至新中国成立后，才又逐步恢复。

几乎每一个拥有手艺的家庭，都不会在孩子小的时候粗暴地扑灭孩子对手艺的兴趣，这是一门手艺在家族中得以永续传承的基础。就像《万物的签名》中，女主人公阿尔玛对植物的好奇和对世界的究问，每次得到的都是父母亲热情而又尽责的解答。蔡春生对雕砚的好奇和兴趣，也得到了父亲的认真回应和耐心解释。

"我是在父亲制砚的'沙沙'声中长大的。"蔡春生说，"可以说是一出生就接触了砚台，一开始就有了感情。这纯粹是受父亲影响。父亲白天在厂子里上班，晚上回到家就点灯做砚台，做好后让爷爷拿到景区去卖。

"我的老家在吴中区善人村，村里有一半人家在做砚台。我小的时候，常去邻居家玩，就见每一家的男主人都坐在窗户边的长凳上，桌上放一杯茶，正在做砚台。"

蔡春生跟着父亲蔡金兴学制砚。蔡金兴的手艺也是跟着父辈学的，从与桌子一般高的时候就开始了。

制砚的手艺，就是这样在家族里一代代传下来的。在中国文化里，技艺和血脉是如此密不可分，你可以从技艺里发现血脉的传承，也可以在血脉里发现技艺的基因。

蔡金兴，出生于 20 世纪 50 年代，现在是江苏省澄泥石刻的非遗传承人。他从小跟着家里人学习制砚。"文革"期间，才十三岁的他，就进入工厂当学徒。一开始是做普通的学生砚，一天能做二三十个。两三年以后，他开始做比较精细的砚台。后来日本人的订单来了，大量采购这边的砚台。

改革开放后，国内的一些文物商店开始收集仿古砚台，用来出口创汇。

蔡金兴把宣纸用水喷湿，蒙在古砚上，然后用铅笔把上面的文字和图案小心地拓下来，回家一点点雕琢，终于成功地制出了精致的仿古砚。这样的砚台，十几天才能完成一方，卖给日本客商，价钱在六百元到八百元之间。

在这个过程中，蔡金兴对苏作古砚的刀法、造型、意韵都下了一番功夫。这是一个慢慢发现规律、熟悉规律、掌握规律的过程。掌握了古砚的制作方法后，刀下的砚台，简约，古雅，优美。

传承和创新，在一个有雄心的匠人眼里，总是能够互相促进。是他，恢复了苏州澄泥石砚的雕刻技艺。

掌握了苏州砚雕的核心技艺，蔡金兴并没有止步不前，他又在传统苏作砚雕的基础上融入现代元素，进行创新设计。作品"江南编织"系列，就是从清初苏州制砚大家顾二娘的"筥箩砚"中汲取的灵感,创新开发出竹编、藤编、草编等多种造型。这,既是他对古代苏州制砚名匠的致敬,也是他对传统苏作技艺的传承和发展。

艺术品类之间的共通性,还让蔡金兴能够从其他门类的工艺品中汲取到足够的养分,收到触类旁通的奇效。

跟古玩打交道,蔡金兴用了二十多年。在收藏过程中他发现,明代苏州古砚与苏州明式家具的风格是一致的——同样的简洁,同样的典雅,都擅长运用线条来丰富图式。这一发现令他兴奋不已。他试着把明式苏州古砚和明式苏州家具放到一起,果然是天然绝配。

明式家具设计典雅、高贵,制作谨严、精细。而明代苏州的砚雕家,也是线条运用的大师。一方看似素简的砚台如何具有优雅的气质,核心的秘诀就在于线条,或虚或实,或阴或阳,或直或曲……当时的苏州砚雕家们,将线条运用得炉火纯青,无不精准、有力、简洁。一方方砚台,就像一幅幅抽象简约的现代画,然而内涵却是浓郁的东方元素。

和父亲一起雕琢、研究的蔡春生,时而眉飞色舞,时而沉默寡言。父亲以自己的阅历把他领到历史深处,他则把父亲引向远方。父子二人形同合璧的双剑,相互托举,互相成全。

2007 年,澄泥石雕被列入第一批江苏省非物质文化遗产名录。2010 年，蔡金兴成为澄泥石雕项目的省级代表性传承人。

2016 年，"苏艺天工——蔡金兴砚雕暨澄泥石刻展"在苏州博物馆举办，这是澄泥石刻首次走进博物馆进行的专题展。

2021 年底，在苏州吴文化博物馆，"慧石味象——苏州澄泥石刻精品展"，再一次向观众呈现蔡金兴、蔡春生父子苏作砚的艺术风格。

每一方砚台，唤醒的都是江南文化记忆。

一扇不起眼的木门后面，是蔡春生的工作室。

工作台上，雕砚的各种工具——铲、凿、刀、尺，砚的成品、半成品、原始石材，被台灯清冷的光笼罩着。这样的氛围，很容易让人想到青灯孤影。

蔡春生对砚台的热爱，藏在他的孤独求索里。无数个漫漫长夜，他独坐斗室，用心打量、揣摩眼前的一块块石头。手中的刻刀随心而走，随意而留。冰冷的石头，因手上的温度而有了生命。

我家所在的小区才十年出头，竟然出现了破败之相，楼上楼下进行二次装修的就有三四家。电钻声和锤击声聚集而来，尖锐刺耳，给人地动山摇的心慌感。奇怪的是，每当此时，我就能看到一个年轻男子坐在桌前，用刻刀在石头上雕琢，一下，又一下，那么安静，那么沉着。外人眼中的孤独和寂寞，是他的领地和王国。

如果没有孤独，没有寂寞，一定不会有艺术，不会出现艺术家。

一方古砚，即是一颗匠心。

也许是为了更好地表露自己的心迹，蔡春生给我讲了高凤翰的故事。

生活于清代康乾年间的高凤翰，"善山水，纵逸不拘于法，纯以气胜，兼北宋之雄浑，元人之静逸。花卉亦奇逸得天趣。嗜砚，收藏至千馀，皆自铭，大半手琢。究心缪篆，印宗秦、汉，苍古朴茂，郑燮印章，皆出沉凡民及其手"。

乾隆三年（1738 年），五十六岁的高凤翰应苏州藩台徐雨峰之邀来到苏州。他在江南游山玩水，会友交朋，直到乾隆六年（1741 年）的夏天到来之前。

来苏州的前一年，命运给了高凤翰致命一击——因风痹症恶化，他的右手残了。高凤翰不仅没向命运俯首，反而决意以左手写字。他自号丁巳残人、老痹、尚左生，凿印"左军痹司马""一臂思扛鼎"。左手挥笔的豪情与大写的人生，感染了无数吴地才俊。

高凤翰将他的藏砚和制砚做成拓片装裱起来，汇编成册。不仅如此，他又以天马行空的思维，仿照司马迁《史记》"本纪""世家""列传"的体例，编排那些砚台拓片，观者无不拍案叫绝。

收藏砚台、制作砚台、编排砚台。"一臂思扛鼎"的高凤翰给了人们一个又一个惊喜。《砚史》，一部砚文化史上的重要著作，在他笔下诞生了。

今天，翻开《砚史》，我们看到的不仅仅是一个个精美藏品，还有一个艺术家的无畏无惧、勇猛精进。艺术，从来就不是循规蹈矩的人生。

听着蔡春生的讲述，我知道自己离他更近了：我读初中的时候，想做一个作家，当时写了一些武侠小说。后来到南京师范大学读新闻系，一个月五六百元的生活费，都用来买不同版本的四大名著了。上初中时大概在1993年或1994年，做过一个石雕，在鱼篓上雕了个小螃蟹，当时卖了三五十块钱。记得自己还做过一个石雕茶壶，卖了后也没去多想，后来见有人写文章，说是他的舅舅收藏了这把壶。很有意思！

二十几岁时，我特别迷恋砚台，于是就去搜罗。一到周末就往古玩店跑，古砚收了几百方，也因此认识了很多收藏家。后来有了网络，收砚台有了新的渠道。收了几年后，特别想做砚台，那时三十岁不到，在报社常年上夜班，子夜甚至凌晨才下班。即便这样，回到家也不睡觉，马上就动手刻雕砚台，经常是看着天色放亮才罢手。

上班，刻砚台，两头忙。时间一长，根本顾不过来。感觉特别吃力，记忆力好像也衰退了。认真权衡了一下，觉得自己不做砚台还是可惜，毕竟掌握了那么多知识。于是决定辞职。

做好一个门类，最少要用二十年时间，就像爬台阶，每往上走一层都会很累。但我知道自己还是能上去的，我需要的是时间和专注。

蔡春生说他最近看到了曙光，找到了方向，但还没有能够完全把握住。这两年取得了一些进步，渐渐有了水到渠成的感觉。若想达到理想的境界，还得再等一两年。

从事艺术是什么状态？就是觉得世间所有的事情都不如"这个"重要。就是要"痴"，非常痴迷，度蜜月的途中都要去会砚友。

蔡春生雕砚有自己的美学追求。他说，做砚台，急不得，只能慢慢积累，缓慢进步。他不是将砚台作为工艺美术，而是试图去寻找更为高级的表现方式，细致不是最重要的，重要的是具有内涵——一种和古朴相类相通的精神气质。

从砚台的语言来说，蔡春生推崇宋代和明代的风格。推崇的和被推崇的，成为无声知己——由相近的、相通的审美和情趣联结起来。而长时间的相互凝视，则是跨越时间和空间的深度对话。令人陶醉，难以言传。

蔡春生认为，纯工匠型制砚，没有体现出真正高层次的美学追求。北宋和明清的画家追求意境和精神表达，着重表现形象背后的哲思，笔墨韵味达到很高的境界。徐渭就把艺术语言表现得非常好。古代文人，不视制砚为纯工艺，也不用来卖钱，精神层面、情感内涵、艺术认知远超今天的我们。他们知识积累很深，并且能做到触类旁通，常常以这个艺术门类的探索，去提高、刺激、启发其他的艺术门类。

与市场和时代脱节的作品，肯定不行。一块石头到了制砚匠人的手中，进行创作时，他要反映当地文化，结合时代特征，考虑如何利用石质的天然纹理。在制作工艺上，他需要考虑线条和形体的韵律美。每一寸细微的尺度，线与面的融合、池与堂的比例、弧度与斜线的处理……即便题材相同，也可变化万千，细细品味，自是妙趣横生。

从取石、就料到开型、出槽，再到磨平、雕花，制砚是一个综合了胸襟、眼光、手法的工程。对蔡春生来说，砚的形式和内容，都有可追求的东西。

内容上，砚是情感和精神的载体。形式上，从整体形制到纹样设计，他从书法、美术、文学方面入手，形成新的追求。书法，自我空间大，书者能体会到难以言喻的乐趣。中国人接受书法熏陶的多，无论是小孩还是老年人，都能感受书道魅力。

苏州人受教育程度高，美感具足，他们的喜好也会影响到匠人的创作。蔡春生在这样的环境里自然受到鞭策。对手、同事、前辈、古人，都能让他感受到无形的压力，他要与自己赛跑，超越自己，急切地想提升自己。幸运的是，苏州的竞争氛围是良性的。

蔡春生以前也曾低估了工艺美术的某些行业，认为从业者缺乏文化修养、艺术修养。后来才意识到，每一批在顶端攀登的人，都有其可取之处。

当内心不再浮躁，当技艺懂得谦卑，一位工艺大师开始走向成熟。

"工欲善其事，必先利其器。"蔡春生说，工具一旦跟上，创作题材和设计理念也会随之改变。那几年他感觉特别累，除了工作和爱好难以兼顾的原因外，仅用刻刀雕砚制约了创作。那时已有电动工具可用，但他愣是没想到。

是文人成就了砚台，还是砚台成就了文人？

提到文人与砚台的关系，蔡春生说有几种情形："一是文人自己使用砚台；二是参与设计砚台；三是文人制作砚台。砚台是文人体系的一部分，除了设计制作外，还刻录铭文，记录自己的心情和砚台来源，用以表达感情。"

清代以后，很多文人都参与设计砚台，有人还亲手在边上刻录铭文。制砚，已经变成了文人匠人共同参与的雅事。

在他滔滔不绝的讲述中，一段段关于砚台的故事，饱含着文人的志趣、友谊、见解、文思。

北宋何薳撰写的《春渚纪闻》中记录了米芾好砚的趣事——

宋徽宗和蔡京谈论书法，召来米芾在一个大屏上写字。米芾用徽宗御案上的端砚写完字后，对徽宗说："这方砚台臣已经用过了，您再使用就不合适了。"徽宗明白他的心思，便把这方端砚赏赐给了他。米芾大喜过望，捧着端砚手舞足蹈，素有洁癖的他，根本不在乎墨汁弄脏了衣袖。

米芾被人记录，米芾也记录别人。米芾的行书作品《紫金研帖》，短短几行字，却为世人留下了苏轼嗜砚的故事："苏子瞻携吾紫金研去，嘱其子入棺。吾今得之，不以敛。传世之物，岂可与清净圆明本来妙觉真常之性同去住哉。"

在《宝晋英光集》中，米芾再次提到"紫金"："吾老年方得琅琊紫金石，与余家所收右军砚无异，人间第一品也。端、歙皆出其下。新得右军紫金砚石，力疾书数日也，吾不来斯不复用此石矣。"

紫金石砚，主要流行于唐宋时期，实物流传极少，不过文献里留下了它的绝代风华："紫金石出临朐，色紫润泽，发墨如端歙，唐时竞取为砚，芒润清响。"

一方箕形紫金石砚的背面，刻有米芾的铭文："此琅琊紫金石所镌，颇易得墨，在诸石之上，自永徽始制砚，然皆以为端，实误也。元章。""紫金"，又一次得到米芾的赞誉。

少年苏轼，与砚台之间，不能不发生故事。

十二岁那年，苏轼在家中玩耍，偶然发现了一块异石："如鱼，肤温莹，作浅碧色。表里皆细银星，扣之铿然。"苏轼试着用它做砚台，发墨效果极佳，只可惜没有储水的地方。父亲称它为"天砚"，这对少年苏轼而言堪称祥瑞之物。苏轼为之作铭，以此立志："一受其戒，而不可更。或主于德，或全于形。均是二者，顾予安取。仰唇俯足，世固多有。"

"天砚"，开启了一代文豪苏轼的传奇人生。从此，他访砚、藏砚、刻砚、赏砚，纵横文坛也颠沛流离，甚至身陷"我生无田食破砚，尔来砚枯磨不出"的窘境。

明代文人张岱在《陶庵梦忆》中也记录过一个"天砚"的故事。

年轻的张岱不懂砚台，只要卖砚的人拿来古款，即便破旧，他也会估出一个高价。后来，他将浙江一带的藏砚看得差不多了，才大略懂得砚石的好坏。

当时，山阴监狱中一个大盗要出手一块璞石，索价二十两银子。因无暇亲往辨石，张岱便委托友人秦一生前去处理。秦一生不懂行，请张岱的堂兄弟张燕客前往验看。张燕客指着石上的白孔说：这块石头品质低劣，只能拿来垫桌子，秦一生便将璞石还了回去。谁都没想到，张燕客连夜以高价将璞石买下。

"赤比马肝，酥润如玉，背隐白丝类玛瑙，指螺细篆，面三星坟起如弩眼，着墨无声而墨沉烟起。"那块砚石没有辜负张燕客的"三十金"，品相惊艳异常，就连见多识广的张岱见了，都不由得瞠目结舌。

张岱并不计较，他看重的是张燕客的"情"。"其一往深情，小则成疵，大则成癖。"张岱的"交友指南"一目了然，"人无癖不可与交，以其无深情也；人无疵不可与交，以其无真气也。"张岱还为张燕客撰写了砚铭："女娲炼天，不分玉石。鳌血芦灰，烹霞铸日。星河溷扰，参横箕翕。"

一方古砚，连接了不同时代的文人心。而师生间的传承，更使它超越了器的局限，实现了道的永恒。

来苏州之前，我在许知远的《青年变革者》一书中，看到了一个和砚台有关的故事。

湖南学政江标结束了三年的学政生涯，即将离开长沙。

临行前，江标看到唐才常赠予梁启超的一方菊花砚台，还有谭嗣同撰写的铭文："空华了无真实相，用造莂偈起众信。任公之砚佛尘赠，两君石交我作证。"本已决定登船离去的江标说，这样的砚台铭刻，岂可交给石工来做，只有自己方能完成。

他回到船中卸下冠服，傍晚时分，抱着猫与刻刀回到学堂，一边与众人谈论时事、戏谑玩笑，一边镌刻砚台。夜深之时，他终于完成镌刻，众人再次送他回到船上，点上蜡烛欣赏他的刻功。……不知不觉天已大亮，江标这才起身送众人上岸。

"这枚菊花砚代表着维新者之间的情谊，两年后则成了悲剧的象征。"许知远以这句话结束了美好的砚台故事。

蔡春生说：从一方方古砚里，所能吸收的不仅是技艺，更有古人的态度、哲学、志趣、风骨、友谊。这些精神上的元素成为自己血脉里的东西，会不自觉地提升自己的眼光和修养。

所谓"功夫在诗外"，制砚也是如此。

蔡春生拿了本他写的书送给我。

2017 年，苏州市委宣传部、苏州市文联和古吴轩出版社共同出版了一套二十四本《典范苏州》。蔡春生是二十四本书的作者之一，他写了《博物 指间苏州 雕刻》。书中涉及玉雕、砚雕、石雕、木雕、砖雕、竹雕和核雕七大类雕刻名家。书里突出介绍苏州雕刻的代表人物、代表作品以及他们的感人故事。透过这些人物、作品和故事，把雕刻这一门技艺讲得津津有味，也把苏州这一方土地上的人文精神予以淋漓呈现。展读之际，对他的认知又深了一层——他不仅是一个砚雕实践者，还是一个研究者。于砚雕，见到他的刀功；于文章，看到他的笔力，显示他对于雕刻一门的精深研究。

从所处的时代来看，蔡春生比父辈要幸运得多。他所受的良好教育、所处的活跃社会、所获的丰富信息，都是他父亲所不能及的。

蔡春生不仅学会了做澄泥石砚台，热衷于收藏古砚台，还对澄泥石刻进行了系统研究，著书立说，成为创作研究两栖型人才。这是他和其他收藏爱好者不同的地方。

2015 年，蔡春生受邀参加上海博物馆举办的"砚学与砚艺学术研讨会"，并发表了《总把蠡村当澄泥——苏州蠡村砚历史地位的再认识》，将"澄泥石砚"的真相以论文的形式清晰阐述。

澄泥砚是用陶土反复锻打烧制而成的。这种砚，始于汉，盛于唐宋。

明清之际，人们仰慕宋人描写的澄泥砚，但又没亲眼见过真正的澄泥砚。天然石料做成的嶕村砚颜色与烧制而成的澄泥砚相似，便误以为苏州出产的石砚是澄泥砚。

"很多人搞不清楚澄泥砚和澄泥石砚。澄泥石砚是指苏州灵岩山的天然砚石，汉代就开始做砚。乾隆《西清砚谱》收录宫廷藏砚二百，其中三四十方澄泥砚，大家以为是泥，其实几乎都是澄泥石。从明代开始就分不清了，和山西澄泥砚搞混了。"蔡春生对我说。

澄泥石是太湖地区特有的天然澄泥页岩，由泥巴和黏土固化而成的沉积岩，石质硬而不脆，稳定性高，颗粒感细腻。澄泥石纹理变化丰富，鳝鱼黄、蟹壳青、虾头红等各具特色，在阳光直射下，有金属颗粒闪烁，光彩夺目。

和父亲一样，蔡春生进行创作和研究，也热衷于发现规律、掌握规律。

两千多年一路传承，砚台之美的规律逐渐清晰——高度、比例、厚度、线条的处理方式，以及砚台的各个部位，包括砚池的大小深度等都是有讲究的。

"古人制砚的规律是，每一款都讲究，有规矩和美学体系。砚池、砚塘、边线，都有很严格的比例要求，这样才能体现砚台的美感。所以说，古人制砚，受文人审美的影响，既要实用，又要讲究美。有美学法度，简约、素雅。现在是雕龙画凤，非常繁复。"蔡春生强调的规律，其实就是美学规范。

他发现，父辈们过去做的砚台，有着零碎的规律，有些是对的，有些是错的，或者说不全面、不深刻，如"太史砚"。20世纪70年代，人们做这一款式的时候，认为把砚池开得大一些会比较实用，但是砚池一大，整个器物的结构就松掉了，失去了美感。

回过头来看自己的创作，他也觉得自己之前忽视了理性的东西，完全凭热情做事，过于感性，砚台的角度不对，形式不对，美感不到位，虽然也有灵感迸发。后来理性的力量起来了，开始挖掘并展现砚台的文化内涵。

蔡春生说："这几年有了新的感悟，理论上进步了，创作思想上成熟了，不过还是要总结。"

掌握古代的规律以后，就能做出不同款式的砚台了。唐代有瓦砚、簸箕砚。到了宋代，主流砚是抄手砚。这时期砚台造型十分丰富，几何形态占据主流，讲究线条。同时，宋人也开始把自然中的物象，如荷叶、蟾蜍等形态融入其中。在外表上，砚台边缘相对较薄，呈现出比较空灵的美感。到了明代，砚台比较厚实，整体的气度不如宋代那么挺拔，更偏向于圆润的感觉。同时，这一时期出现了一种随形砚，也就是根据石头的形状进行雕刻。到了清代，随形砚更多了，清代的砚台制作开始走向工艺化。乾隆以后，华丽的风格占了上风，砚台上的纹饰多了起来。

苏州博物馆西馆，正在举行希腊雕塑展和"微笑千年：青州龙兴寺佛教造像展"。

希腊雕塑充满了力量和美感，上演着悲剧和喜剧。胜利女神尼姬充满活力和创造力，是美好礼物的赠予者——你站在宙斯旁，评判着凡人和诸神的卓越成就。

那些佛和菩萨，都笑着，笑了千年。这是东方最美的微笑，澄澈、宁静、安详，脸庞上带着洞察世间一切的神秘神情。菩萨造像满身雕饰，华贵高雅，柔美绰约，独具风姿，迥异于其他地区造像庄严肃穆的宗教氛围。

在这里，我见到了蔡春生出借的那块小巧的黑色砚台。

蔡春生曾告诉我，那是一方清代古砚，苏州澄泥石凤池砚，浅浮雕技法精妙，是清代苏州制砚大家顾二娘的风格，体现了当时苏州砚雕的高水准。

顾二娘是谁？她的作品是什么风格？

明清盛时的苏州，商品经济十分繁荣，手工业者的产品能卖出很好的价格，甚至他们也能在主流社会中占据一定地位。那个时代手艺人中的佼佼者，依靠文人们的书写记录，得以将名字留在历史的漫漫长河里。

顾德邻，就是当时制砚群体中的佼佼者。

对中国古人而言，或许再没有比笔墨纸砚更具价值的宝贝了。帝王将相也好，名流雅士也罢，抑或士农工商三教九流，著文写字无不依托于"一亩砚田"。

"吴郡有顾德邻，号顾道人者，读书未就，工琢砚。"在古代，有志男儿自然纷纷以读书入仕为理想。但古来功名不易得，顾德邻的读书梦破灭了，此后他的选择是做砚台。制作砚台，无疑是顾德邻文人梦的一种延续。

顾德邻制砚有多神？吴县（属苏州）本地文人朱象贤在《闻见偶录》中说："凡出其手，无论端溪、龙尾之精工镌凿者，即崦村常石，随意镂刻，亦必有致，自然古雅，名重于世。"

顾德邻不知道，他的这一选择，成就了苏州砚史的辉煌一幕。也正因为他的读书未就，无意间书写了苏州在中国砚史上的地位和高度。

顾二娘就是顾德邻的儿媳。因丈夫早逝，顾二娘便从公公那里袭得了手艺，承担起家业传承的重担。

从顾德邻到顾二娘，刻砚时风已变，正是从明式向清式过渡的时期，顾德邻尚保留古朴意味，顾二娘则更多地追求雕镂刻画。她的作品，华美中兼得古雅。"圆活肥润"便是她的风格。

蔡春生说："手艺，从来都是这样温情脉脉地在中国家庭里传播，香火便是技艺传承的核心——古人对于技艺是如此虔诚，他们像热爱生命一样热爱技艺。"

蔡春生的砚台也充满了美和力量，注满了他的热爱和虔诚。如果砚台有表情，我希望蔡春生的砚台也能微笑，并且是一千年。

蔡春生很忙，次日就要去本色美术馆参展。"本色"，是全国闻名的摊位集市，很有格调。

蔡春生极力推荐我也去看看，因为时间关系，我没去成，很是遗憾。

于是，挥手告别。

我走上对面的五龙桥。

一言不发对着水中船、船中人发愣的青年男子，反反复复播放一首流行歌曲、来来回回走动的中年妇女，提着竹编菜篮、打扮精致的本地主妇，成为桥上的风景。

这桥，承载过多少风景，多少故事啊！

过了桥，就是山塘街，乾隆御碑引出了千年古街。游人如织，灯火通明，丝绸生辉，糕点溢香。

我在阊门外又坐了很久。听评弹隔水传来，看着汉服的孩子和女子走过。现实和虚构，过去和现在，艺术和生活，奇妙地走到了一起。

如同，一方砚。

砚田耕者

生如夏花

开着车的老夏说，他最向往的最后生活，就是像野狼一样，走向荒野。江南夏天的夜晚，一下子清凉起来，我听到了蛙鸣。

"吃到了今年的第一粒杨梅。甜，鲜，多汁。在无锡，最好吃的杨梅应算是太湖边的马山杨梅，特别是刚从树头上摘下的，特别鲜甜，可惜这样的杨梅是无法邮寄的，不能让外地朋友也尝尝鲜。即便是无锡人，这样鲜美的杨梅，也极少吃到。"

2023 年 6 月 11 日，周日，"江南夏天"在朋友圈"晒"出了杨梅。十几颗绛紫色的杨梅在青花瓷盘里滑动。旁边一只竹篮里，盛放的也是杨梅，绿叶遮不住紫红。

小小竹篮，装满江南风情，浸着江南水润。"无锡还是有很多好东西的，上星期吃了大浮的醉李，今天吃到了马山杨梅，再过一段时间，就可以吃到阳山的水蜜桃了。人间的可爱处，就是有这么多好吃的东西、好玩的地方、有趣的事和人。"

"江南夏天"就是自称"老夏"的夏正平。

装着杨梅的青花瓷盘是我熟悉的——它也曾装满过蓝莓——我吃过的最甜美、最饱满的蓝莓。蓝莓我吃过了，杨梅却没赶上，就差了一个礼拜。6月5日，我离开宜兴回家，老夏和蓝雪开车送我去高铁站，雨如瓢泼，水汽蒙蒙，看不到前面的车辆，也看不见两边的花草。蓝雪笑说，这是留人天。我说，江南虽美，我也得回家了。

6月1日上午，我从徐州坐高铁到宜兴，就是老夏夫妇接的站。老夏人和车等在停车场，蓝雪到出站口接我。三年没见，还是老样子。寒暄着，蓝雪递给我一袋洗好的蓝莓、一盒精致的三明治、一瓶今年流行的乌龙茶。那么甜的蓝莓，那么细心的蓝雪！

出了高铁站，车子驶往和桥镇，老夏选择了走高速。半小时的时间，我们就从宜兴南边跑到了北边。道路两旁是红白相间的夹竹桃和脆生生的毛竹，正是我在书上读过的"竹桃间隔"。远处，收割过的麦田仍然闪烁着金黄色的光芒，耐心等待下一轮耕种。道旁风光不断提醒我，我已经从苏北抵达了江南。

下了高速，经过一座桥——桥下是大运河，驶过一段路——路旁有鹅洲公馆，进入一个小区——凤凰台。老夏就住在这里。我说，鹅洲、凤凰台这样的名字真好听。老夏说，和桥以前就叫鹅洲。是的，我在他的文字里见过"鹅洲"，当时还以为是他虚构的一处地名呢。老夏说，他喜欢去那些名字好听的地方，名字不好听的地方他不愿意去。

说话间，车子驶入了地下停车场。老夏的车位就在靠近电梯口的地方。到了十二层，电梯门打开，无锡市晶禾光学仪器有限公司的牌子赫然在目。

这里是老夏的家，也是老夏的公司。

老夏的家敞亮，老夏的公司舒适。二百多平方米的房子，挑高三米多。进门左首，靠墙放着一张长桌子，桌子上有两台电脑、一台打印机。客厅很大，有蓝雪为老夏买来的电动按摩椅，按摩椅旁边是几个休闲沙发，小茶几上摆放着野花。经老夏介绍，才发现门后还藏着一间书房，那里是老夏读书、写作、发呆的地方。

进门右首，是一张长长的餐桌，餐具十分精美，里面摆放着蓝莓、甜瓜、樱桃等时令水果。桌上的鲜花有些枯萎。蓝雪说，今天没来得及买花，明天我们去朋友的花店买花来插。往里看，是厨房和茶水间，蓝雪开始为我们煮宜兴红茶。玻璃茶壶、玻璃公道杯、玻璃茶杯，更衬出茶汤的清亮和女主人的利索。

阳台上的花草吸引了我。和大多数家庭不一样的是，阳台没有封闭，花花草草可以沐浴在风雨中，也可以享受阳光的安抚。一盆蓝雪花，正在怒放。蓝雪的名字，就来自蓝雪花。花如人，人如花。

蓝雪花，是蓝雪最爱的花。她从 2009 年开始养这种花，那时还很少有人养。蓝雪花花期长，能攀墙，很好看。她曾经送给青岛崂山友人一枝花，几年后，友人告诉她，蓝雪花开满了半个村子。和花友一起分享花种和"花经"，蓝雪很快乐。她认为人和人的关系中，花友是最单纯最简单的，因为她们愿意分享，舍得分享。

　　蓝雪的绣球花也很美，有草绣球、木绣球和秃子绣球几个品种。阳台西头，大小不一的几个番茄挂在秧子上，绿得像翡翠。以前他们住在老夏父母那里的时候，宽敞的院子给了蓝雪施展的空间，她种了很多花。如今住在楼房里，花种得少了，她也不爱种大花了，反而喜欢起细细碎碎的小花。

　　午休，我在窸窸窣窣的声音中醒来。原来，蓝雪正在包装产品，准备发货。蓝雪说，她一般早上八点起床，她起床时老夏已经坐到电脑前开始工作，等蓝雪把早餐做好，老夏离开电脑来到餐桌前，一边吃饭一边听音乐。上午，老夏忙着接单子、开发票，蓝雪整理家务。下午，蓝雪包装产品时，总是和老夏聊几句家常。

　　老夏说，我们夫妻两个，没什么大的志向，我们蓝雪不支持我去赚所谓的大钱，怕我太累太辛苦。我们这样很安逸。蓝雪笑起来，说人还是要控制物质欲望，做普通人就很好。

和土生土长的老夏不同，蓝雪不是本地人。蓝雪的外公老家在扬州，曾在浙江长兴打过游击，后来又参加抗美援朝战争，1956 年才回到国内。母亲十六岁时，不顾家人反对，自己拿了户口本去苏北射阳插队，后来转到长兴。父亲学历高，毕业于浙江大学塑料材料专业。1986 年，无锡一家单位找到父亲，父母亲带着蓝雪和妹妹到无锡定居了。蓝雪说母亲乐观开明，提出死后要捐赠遗体，蓝雪便签字同意，亲戚却表示费解。

2023 年 8 月 1 日，蓝雪发了个朋友圈。朋友圈的"九宫格"她只用了"一格"，发了一张老照片——穿军装的少妇坐着，沉静的小女孩依偎着少妇站着，她们都穿着厚实的冬装。以往，蓝雪都用"花语"来表达，这次，蓝雪罕见地为这张照片配了一段长长的文字：

今天是八一建军节。照片中一个是我的外婆，一个是我的妈妈，那时候的她们还在东北。小女孩平时在部队的寄宿制幼儿园，父母都是军人，很忙。只有周末，才能回家见父母。

今天是妈妈的生日，同时也是母难日。1948 年的八一建军节，山东。外婆挺着大肚子，和战友们一起包饺子，扎花门，准备欢度节日。那天妈妈出生了，所以她的小名叫八一。

外婆如果活到今年，正好是百岁老人。她出生在浙江长兴县，一个名叫白鱼埠的小镇上，是经营小饭庄人家的独生女，外婆的母亲生她时难产，二十七岁就走了。

因为读了些书，接受了进步思想，外婆认识了在浙北山区打游击的外公，后来一起去了北方。长江边上，有人亲眼看见她登上的渡江船只被击沉，家里人都以为她死了。多年后，当她回到白鱼埠时，家里人都惊呆了。后来外婆说，因为船只超重，她就下了船……

因是家中长女，自幼在部队长大，妈妈性格开朗，不拘小节，略通些音律。妈妈爱读书。年少的我，就是读遍了妈妈书架上的杂书，耽误了学业。不知道什么时候，她向街边哪个高人学了一招"海底炮"，在当时的那个小城里居然能够在男人圈里下几盘棋。

敢作敢当敢闯，是蓝雪的家庭基因。不被世俗包裹很难，但蓝雪做到了。

今后出现在故事中的，除了他们的经历，更耀眼的将是他们的勇气和精神。她照顾老夏的生活，走到哪里都拿着乳胶坐垫，生怕老夏久坐腰疼。饭菜、水果和茶水都悉心准备，端上桌来，收拾下去，带着笑意，不急不躁。

自称普通人和家庭妇女的蓝雪，在我眼里简直是个百科全书式的女子。在丁蜀镇，她和我聊起，想用十年时间，跟踪拍摄一二十个紫砂艺人，以此反映社会的变迁。紫砂艺人，在金字塔顶上的也就那么几个，底座上的普通艺人更多，他们的生活和工作需要记录，她打算从镜头入手。老夏自告奋勇，要给蓝雪的摄影作品配上文字。

吃过早饭，我们出发了，还是老夏开车。大门口，一个男子热情地和老夏夫妇打招呼。老夏说那是小区的物业经理。车子开过去，蓝雪惊喜地发现送给他们的绣球开花了。到菜市场附近，蓝雪下车去买菜，老夏带着我和几样水果去他父母家，水果是蓝雪一样样整理好放到塑料袋子里的。

见到两位老人家，我丝毫没有陌生感。我早已从老夏的文字里认识了他的父母。

老宅子是处二层楼房，房间干净整洁，院子阳光明媚。老夏的父亲个头不高，话不多，人朴实。老夏的母亲穿着家常的棉布衣裤，脖子上贴着膏药，颈椎受凉了。看得出，老夏的母亲年轻时长得很漂亮。老夏点头说，是的，我母亲年轻时好看，我外婆年轻时更好看。

我没见过年轻时的老夏母亲，也没看到年轻时老夏母亲的照片，不过老夏的文字让我看到了坐在金色秋天里的母亲：

这是江南的一个农村集镇。在街尾的僻静处，有一间铁皮的小屋，我年老的母亲就在这个小屋里卖书报。农村看书的人不多，母亲的生意很冷淡。母亲坐在书摊前，看着行人从她面前走过。秋风吹过，一片片金黄的树叶落在母亲的头上和她的书摊上，母亲伸出手把黄叶轻轻地拿起来，眯着眼睛读着季节写给她的书信。

买一张报纸。有人来到她摊前，丢下一元或是五毛钱，母亲就抬起头，把一份散发着油墨香味的报纸递给他。偶尔，也会有人在她挂满了花花绿绿杂志的书架上挑挑拣拣，然后找出一本新到的杂志。母亲默默地接过钱后，用一只塑料袋把杂志装好，目光把这个背影送出老远。

在 2006 年 10 月的《青年文摘》杂志上，坐在金色秋天里，母亲看到了一篇短文《遥远的爱情》。年老的母亲是不大喜欢看有关爱情的文章的，她的内心已经被琐碎的生活塞满了，但那天她的眼睛被这篇文章吸住了，她看到了她儿子的名字。儿子的文章被她卖的杂志转载了。她脸上的皱纹舒展开来，漾满了笑意。她把这本杂志小心地包裹好，放在了一边。每次在自己卖的报刊上读到儿子的文字，母亲总是要留下一份，这是她的习惯。生命里有了这些文字，母亲就觉得这日子嚼得有滋味了。

老夏笔下的那一粒粒文字，就像一膛炉火，把母亲的胸怀照得暖融融的，让她能长久地温暖。没有权没有钱没有好的身体又如何，有儿子这些文字足够了。

母亲在金色的秋天里，老夏描述的父亲，似乎在冬天的暗夜里：

那时——确切地说，是20世纪80年代初。农村已经分田到户，老夏家所在的村庄地处鹅洲镇镇郊，二百多口人的村庄，才一百多亩土地。冬种小麦夏栽秧，每人就靠四分田活命。

这天夜里，老夏记得清楚，夜特别黑，喝过两碗稀饭后，他坐在黑暗里，让无边的黑暗一点一点把自己淹没。这时，村里的五保户、饲养员小娘舅突然来了，他想去镇上领个工商牌照，再买一副货郎担，然后到供销社批发些针头线脑、油盐酱醋转村叫卖。

父亲的破抽屉里，放着一枚红红的章，平常不大用，印泥都干了，对着这个圆章呵上长长的一口气，才能在纸上盖出个红印来。其实，父亲是不屑于做买卖的。这个一辈子种田的生产队长，脑子里都是祖辈们土里生、地里埋的思想，种田是农民的本分，也是命。三亩田，一头牛，自己种，一家人吃，茅草泥屋，鸡鸣狗吠，便是父亲心中最美好的生活。

小娘舅的拨浪鼓摇动了江南乡村的静谧，80年代的春天来了，一切都是嫩绿的、新鲜的、蓬勃的。

老夏家的春天却是二姨娘带来的。

二姨娘住在十五里外的另一个小镇——高塍镇。高塍镇四十多年前还只是一个农村小集镇，现在已成为全国有名的环保产业基地。鹅洲国营粮油加工厂就在二姨娘村子的前面，高高的烟囱每天吐着白烟，菜籽油和大米的清香爬过高高的围墙。二姨娘就是被这扑鼻的米香和油香吸引来的。

老夏回忆道，那时，二姨娘才二十多岁，年轻漂亮，是踩着自行车来的，带来了一阵风。自行车是男式的，二十六英寸长征牌，笨重，也扛重，后座上可以放几百斤货品。二姨娘来鹅洲，不是走亲戚串门子，而是买米糠。米糠不值钱，百十斤一袋，只要几元钱，拉到高塍后，在集市上加价零售。卖米糠的二姨娘从此成了一道美丽的风景，卖米糠的二姨娘从此有钱了。

在镇上纺织厂上班的老夏母亲，一个月的工资才三十多元。二姨娘对她的姐姐——老夏的母亲说，鹅洲街上有的是钱啊，你们守着金碗讨饭。

"鹅洲镇是宜兴的水陆码头，锡溧漕运河穿镇而过，东去，可以去无锡、苏州、上海；北上，可以到溧阳、金坛、广德，四乡物品都在鹅州镇上集散。"我们去往太湖大有秋的路上，路边的石碑刻着地名，赵渎张渎什么的，令人费解，老夏解释说，"太湖西岸，有一块形如香灰、夜潮昼干的土地，我们叫它'渎'。宜兴有七十二渎。这些渎上特别适合种各种蔬菜。渎上人家收获了蔬菜，就会摇着小船来我们镇上销售，这就让我们村里人发现了一个赚钱的机会。每天一早，村里人就去运河边拦下渎上人家运来的蔬菜，用大秤批发下来，整理归类后，再用小秤到集市上零卖。"

二姨娘脑子活，摸索出了一条致富路。老夏的小婶子也不认输。一天夜里，漫天的飞雪把江南的大地盖住了，小婶子把亲戚给的大蒜拉进堂屋，揪去黄叶烂根，重新捆扎包装。大蒜活过来了！天刚放亮，小婶子就拉着大蒜去了集市。白雪皑皑的天地间，跃动起一片碧绿。小婶子的大蒜卖出了好价，也给村里人蹚出了一条种田之外的新出路。

原先，村里家家户户都是吃一样的饭、喝一样的粥，至多是谁家锅里的水放得少些、饭烧得硬些，谁家的锅里水放得多些、粥稀了些，三碗粥下肚，一泡尿出来，没多大区别。现在，二姨娘和小婶子这些女流之辈都靠一点小生意过上了好日子，村里别的人家竟然也三天两头吃起了肉，自家的孩子却只能喝稀粥吃咸菜，老夏的母亲心里滋生出一棵棵杂草，割了一茬，又蓬勃地生长出一茬。

在夏家老屋的青砖门框上，刻着一副门对子："忠厚传家远，诗书继世长。"读书，是为了做官。传统戏剧里，寒门子弟十年寒窗后，总能考中状元，坐上高位，但这样光耀门庭的传奇，在现实生活中不过是一个人的白日梦。因此，摆在父亲面前的，就只有好好种田一条路。

父亲在家里侍弄着两亩责任田，还养了一头猪、三五只大白兔、五六只母鸡。日夜操劳的父亲，并没让家人过上宽裕的日子。

父亲固执地认为，做生意是吊儿郎当的人才会去做的事，放下锄头拿起秤杆去做买卖，心理上这一关就过不去。父亲最终还是去做买卖了，拉不下脸在街上做买卖，就去自己不熟悉、也不熟悉他的村庄转悠。连着三天，父亲都是亏本而归。

"父亲是披着星光出去的，夜露浓重，他一脚深一脚浅地走在弯弯曲曲的田埂上。他的心是柔软的，路两边是稻花的清香，有种莫名的亲切感，可他肩膀上的豆腐挑子，却很重，就像挑了两座山。他走过一个村子，再走过一个村子，前面就是与常州搭界的滆湖了，再不停下来叫卖，他的豆腐就只有滆湖里的鱼虾买了。"低下头努力过，父亲最终还是没能成为一个买卖人，"这是父亲人生中的第一次吆喝，他是为了儿女有肉吃有衣穿才发出的一声吆喝。他的这声吆喝，吓退了湖渎桥村狂吠的土狗，也把他埋在土里的身子拔了出来，露出了泥腿。"

在城市璀璨的灯光里，老夏回想着四十多年前父亲那段身心俱疲的日子，依然能感受到老人家剜心般的疼痛。

父亲老了，住在老宅里，由女儿一家陪伴照顾——老夏把房子让给了妹妹。

当年的小夏变成老夏，老夏做起了父亲没能做成的事，做生意。老夏的合伙人是蓝雪，夫妻俩在家里做生意，没有赔本的时候。不过他们也不贪心，始终克制着自己的物质欲望，为的是享受属于两个人的生活。

"安排好家里人，是我的责任。只有这样，我才能安心做我自己。"老夏几次对我说起这句话，我深有同感，一层层细碎的苦涩翻腾上来，却也克制着没有聊起自己。"除了脚不好，什么都好。"老夏经常对蓝雪说这句话，蓝雪每次听后总是会心一笑，没有多余的言语。

"一边忍着钻心的腰疼，一边还要忙工作，谁的人生都不是容易的。"老夏拄着拐杖从餐桌边站了起来，继续坐下去，他的腰受不了。说的和听的人都没有太多的唏嘘，但也都无法平静。有些伤已结了疤，只有疼痛还在提醒你曾经发生过什么。

老夏出生在三代农民之家——说是三代，其实"目力所及"的十代都是农民——忠厚老实，勤劳善良，有美好的理想，向往美好的生活，也相信泛黄的书本里那一条条做人之道，可让老夏不明白的是，这样的忠厚积善之家，总是一次次被生活捶打。

十八岁，本是人生最美好的季节，可老夏十八岁的天空却布满了阴霾。一次偶然的事故，他从高空坠落，双腿再也不能在大地上自由行走。

默默地坐在乡村沉重的夜色里，黑暗如幕布一般收拢，包裹起年轻的老夏。光亮照不见生活，生活里没有光亮。父亲给他买来一台收音机，红灯牌的，不大，砖头般厚，放上两节电池，就能听到外面世界的喜乐悲伤。这声音如同飘荡在黑暗河流上的一根纤细的线，一会儿把他带进黑暗，一会儿又把他带进光明。在光明和黑暗之间，老夏听到了路遥《平凡的世界》。沉沉的黑暗被劈开，一道道光透了进来，老夏看到了广阔的原野，看到了原野上那一株株小草，一丛丛灌木，一棵棵大树——它们经受风吹雨打，它们经历霜冻雪压，顽强地生长，坚韧地绽放。

老夏拿起了笔。灯光下，笔下的文字如蚂蚁一样爬满了一页页稿纸，虽卑小，却鲜活。窗外，黑夜如墨，一粒粒如豆的小灯散发着温暖的光晕，在老夏的生命里永恒不灭。

车子行驶在路上，右前方出现了一座青绿的山丘。"那就是屺亭！看见了吗？"蓝雪指给我看山顶上的亭子。农历三月三，古人有到水边祈福的习俗，杜甫《丽人行》就为我们记录下"三月三日天气新，长安水边多丽人"的风俗画。宜兴这边的风俗可不一样，"吃了青团上高山"，宜兴人爬山，宜兴人爬的山叫屺山。屺山不高，就在徐悲鸿的家乡屺亭镇。

孤立山顶的屺亭，让老夏想起了一个在时代浪潮中沉浮过的乡邻。

乡邻对老夏说，你以为我们在爬高山，其实爬的是低山。什么意思？老夏困惑了。乡邻伸出右手，握成拳头，指着食指关节的最高处，"就当这个最高点是屺山，白天，屺山是高山。"他把拳头慢慢翻转过来，"到了黑夜，地球转到太阳的后面，这个最高点是不是最低了？这不叫低山叫什么？"

宜兴在太湖的西岸，从这边向太阳升起的地方望过去，能望到无锡、苏州。那个乡邻却偏说宜兴是在太湖的北边。他说，沿着太湖向南走，就是浙江的湖州、嘉兴，站在那里看宜兴，宜兴不在太湖的北面又在哪里？

老夏明知这位乡邻是在诡辩，却启发了他从不同的角度去看待这个世界。

仿佛在一夜之间，那个诗情画意的江南古镇鹅洲，变得前所未有地生机勃勃。沿着运河的街面上，用竹竿和防雨布搭起了一间间店铺，有卖衣服卖眼镜的，还有卖鞋袜卖竹筐的，琳琅满目。最热闹的是影剧院广场，年轻人在录音机的声嘶力竭中跳起了迪斯科。镇周边也蘑菇似的冒出一家家工厂，这些在江南水乡生长出来的企业，蓬茂如林，改变了水乡的面貌，也改变了水乡的人。

太湖西岸的教授之乡、院士之乡鹅洲，是什么时候更名为和桥的呢？老夏说不清楚，但真心希望保留它的旧称。乡贤大画家吴冠中先生期望"白发归故乡，闻花香"，老夏也一样，希望鹅洲永远有碧水绿野。

那天，老夏正在村头的树林里捡蝉蜕。这是一味中药，洗净晾干后，拿到街上的中药房里，能换钱。树头上，那些爬出泥土挣脱了一层壳的生命，在江南的天空下用全部力量发出自己的嘶鸣。而紧趴在树干上、布满泥土的蝉蜕，让老夏看到了小娘舅、二姨娘、小婶子和父亲母亲，也让老夏看到了自己和亲戚朋友的影子。老夏的双眼成了两眼泉水，热泪不停地涌出来，涌出来，填满了天地间。老夏说自己当时不是伤心，而是强烈的失落和巨大的孤独。在捡蝉蜕的时候，他一个人，送别了一个时代，又迎来一个时代。

"我要革自己的命，我要进行自我革命。我不再写一些教诲别人的文字，我不想再做农民，我要开辟新的途径，按照新的规则立业、生存。"新的时代，新的开始，"革过自己命"的老夏开始了新的人生——做个生意人。

生意是从无边的黑夜中生长出来的，或者说，它就像火把，东一把，西一把，突然有一天就把天空点亮了。无锡市晶禾光学——国家玻璃比色皿 GB/T26791—2011 标准制定协作单位，就在老夏的脑海中应"运"而生，也许在某个黑夜里，也许在几声蝉鸣里。

"命运这个词，其实是两个概念，一个是命，一个是运。命是不能改变的，当父母的基因一相逢，我们的命就被决定了。它决定了你是落在繁华的城市，还是落在寂静的山村；也决定了你是落在富贵大家，还是落在清贫小家。我们能改变的只能是运，运是手中的牌。有的人一手好牌，却离奇地越打越烂，而有的人，一手烂牌，却越打越顺，越打越精彩。"

说起命运，老夏有自己的思考："运好运坏，是底层逻辑，其实就是你的认知，认知决定你的命运。决定你认知的是什么？就是学习，向伟大的先贤学习，向优秀的同道学习，向一切比你强的人学习。只有登上更高更宽的平台，才能获得更好的学习环境。"因为高考临近，老夏想到了高考："高考，就是让你获得最好学习平台的途径，也是决定自己运的途径。知识改变命运，这话不虚。"

老夏给我看北京师范大学、中科院长春应用化学研究所和中科院苏州纳米技术与纳米仿生研究所三家单位定制的三个小产品。"这些小东西，实在不起眼，也不赚钱。生产并不容易，拼的是技术和对客户的理解。满足客户的需求，晶禾光学竭尽所能。"老夏说。

这些精密的小产品来自哪里？我问。老夏没有多给我解释，他带我去了林叔家。

林家进门左首是一间佛堂，穿过长廊是客厅，推开门就是林叔的加工厂——四五个房间，分别用来抛光、打磨、切割。设备看上去简陋朴实，完全想不到这里生产的石英片误差只有 0.01 毫米，低于国际标准 0.02 毫米。

温和的林叔，站在机器前，享受着他的工作。林婶过来打招呼，精神头儿十足："我七十三岁了，老林七十二岁。"她不说，我是真想不到他们已是高龄老人。

2006 年，老夏开始创业，经营光学仪器。2007 年，开始搭上淘宝的快车。那时，大多数店铺还只是在网上卖卖衣服和包包等生活用品，他们是第一家在网上销售实验器材的。电脑每天都开着，一开始，难得听到一声"叮咚"。他就闷头忙自己的写作。后来，"叮咚"声越来越响、越来越密，像江南夏天的雨点，老夏就顾不上写作了。老夏说，他幸运地赶上了网络时代，互联网成就了他。

午饭前，听老夏夫妇聊天，似乎有韩国客人下了订单。老夏对我说，别看和桥是个小镇，全国的光学仪器大多从这里发出。和桥是大的加工基地，每家每户都在忙活，都有自家的零部件加工业务，也都能够互相协作，像个小集团。这样一个大的加工基地，形成了自己的产业链，产品销售到全国、全球，美国日本韩国都用和桥的产品。

"中国的重点大学、科研院所都用我们的产品，比如哈尔滨工业大学、武汉大学、国防科技大学，对了，还有你的母校华中科技大学。"这样的发展态势，却没有人牵头做成大公司，大概所有的人都明白在家工作的方便，都尊重江南小镇创业中的安逸。每逢周末，蓝雪和老夏都会到无锡城里，休息或者看望父母，他们不喜欢城市的车多路堵，还是愿意宅在家里。

暮色四合，我们从蓝雪朋友的花园里出来，蚊虫夹道欢送。开车经过乡村小道，两旁的稻田如梦如幻。我们不能不想到活着的意义和此生的终点。开着车的老夏说，他最向往的最后生活，就是像野狼一样，走向荒野。江南夏天的夜晚，一下子清凉起来，我听到了蛙鸣。

穿着深色长袍、提着竹篮的蓝雪一回到家，一簇蓝色绣球花、几枝粉色山桃草就在玻璃花瓶里安了家。老夏的家顿时亮堂起来。

"这样的日子真好啊！"我对蓝雪说。

蓝雪谦虚："小镇生活。"

老夏补充："江南小镇普通人的生活。"

他们不穿名牌衣服，不挎名牌包包，或棉或纱的套头衫穿在身上就很舒服，农家编出的竹篮挎在身上也很应景，可以装满蔬菜，也可以放几枝野花。

白天，老夏是夏总，必须为企业的生存、为手下的兄弟姐妹们辛苦劳作；夜晚，老夏才是江南夏天，可以看书、写文，可以和志趣相投的朋友聊天，说说酒话。到了节假日，老夏就是浪人，开着破车去野游，和山川河流、花草树木对话。

哪一个才是真正的老夏？我看着他，不禁迷茫起来。

我们去紫砂名镇——丁蜀。老夏的好友史国棠在那里开了一间陶艺工作室。

生如夏花

即使在酷暑天，房间里也不能开空调和风扇，怕陶泥干得太快。我们坐着，感觉有点热，遂感慨起紫砂手艺人的不易。老史倒不觉得，他说在这个地方，大才小才都有用武之地，只要勤劳，本地人外地人都能过好。

饭后，老夏和蓝雪力荐我去附近的东坡书院，因为那里有个"东坡买田处"。是的，苏东坡是写过"买田阳羡吾将老，从来只为溪山好"。书院里游人不多，很幽静。看了东坡塑像和东坡提梁壶——当然都是紫砂工艺，遇到一个小伙子正在布置茶室，翠竹已经插进花瓶，石榴花枝还在手里提着。蓝雪想带我看东坡石碑，找了半天没找到，就向这个小伙子问路，小伙子热情地为我们指了指隔壁小院子。蓝雪说："谢谢小伙子。""小伙子"笑说："我不是小伙子，应该和你们差不多年纪。"哈哈，"游人只合江南老"，一点不错。在江南，老得慢，多好啊。

丁山我知道，丁蜀是怎么回事？老夏介绍说，此地有一山，原名独山，苏轼游览后想到了自己的家乡蜀地，感叹"此山似蜀"，从此当地人就称独山为蜀山。

旧时，宜兴隶属于常州府。在南方流放了很久的苏东坡水路舟行，途经他曾到过十余次的常州，期待北上与家人团圆，不料一病不起，终老于常州藤花旧馆。他的子孙后代没有辜负东坡居士"阳羡买田"的愿望，此后果真在阳羡扎根繁衍起来。

"我从没为自己流过泪,流泪都是为别人。"老夏说了这么一句话。其时,我们已经离开东坡书院。我知道,开车的老夏和走神的我一样,仍在为苏东坡的命运唏嘘。

听说现在不少年轻人"逃离"大城市,愿意到宜兴这样的四线小城生活,老夏对此有一番自己的见解。他说宜兴这个小城,有山有水,有茶有壶,有美好的风景和悠闲的节奏,真的非常适合"后现代人"的生活。老夏所说的"后现代人",指的是经历过现代文明的淬炼、有开阔眼界的年轻人,他们摆脱了物质束缚,更注重精神享受,已然回归本心。陶都宜兴,是艺术的生发之地,确是人间天堂,人们在这里玩陶做壶,寄情山水,不上班不打卡,又能挣到足以生存的钱。

不知不觉,我们来到了宜兴西北角的白塔村。当年的贫困村,经过三十二年的奋斗,如今成了名扬天下的美丽乡村。老夏的朋友安排了一辆电动车带我们转了一圈,名为菩提新田、行香竹苑的民宿,幽深异常,四百亩的花木,美得惊人。一丛丛黄色的花朵吸引了我,颤巍巍的花须在风中摇曳生姿,似乎随时都能跟你浪迹天涯。蓝雪说,这种花,名叫"金丝桃",花友们戏称"桃金娘"。

离开了白塔村,很快就出了宜兴地界,我们向着溧阳的彩虹路进发。丘陵地貌的网红路上，红黄蓝三色在大地上画出一道似乎没有尽头的彩虹。依山而行的公路旁，翠绿、金黄、粉红的花朵交相呼应。忍不住停车，忍不住赞叹，看得到远处的白墙青瓦，看得见近处的青青翠竹。

站在野花似锦的山坡上，恨不得化作蝴蝶化作蜜蜂，飞过深潭，到对面的茶园里闻闻茶的清香。

绕过南山竹海，水流潺潺，登上平桥石坝，水声似瀑。以为自己大声呼喊过，后来才发现根本就没发出任何声音。

大自然是那么静，那么美，谁忍心打扰它呢？

这些地方，老夏都熟悉；这些地方的人，老夏也熟悉。我们在溪东大酒店吃午饭，老板和老板娘过来寒暄。坐在室外，凉风拂面，看着花，喝着鱼头汤，吃着竹鞭笋，一切都很鲜很美。浮生偷得半日闲，我在心里长叹。后来一想，这江南的"闲"，又哪里用得着"偷"呢？

我担心老夏开车辛苦，有点过意不去。老夏说："我喜欢开车，方圆百里，基本都让我走遍了，但我还是要走，世界太美。天空、大地、青山、绿水，村庄、麦苗、芦苇、野花，各呈其美。就这样漫无目的地走，就这样满怀爱意地欣赏，三个小时，来回百公里路程，我把天地自然之美写在眼里、记在心里，不管生活多么不堪，我依然深爱这个世界。"

老夏喜欢走小路，最好是那些没人走的路。一个人在天地间慢慢行走，不仅是欣赏风景，更多的是放空自己，让心与尘分离。

老夏一般先看那些在春风里摇曳的小花，再看那些深埋在泥土里的球根。灰不溜秋、平淡土气的球根，竟然能拱破土层开出美丽动人的花朵，向天浅笑，对地长歌。这些花朵不艳丽不娇气，从自己的生命里绽放出来，寒也不怕，暑也不惧，在天地之间自有身姿和生机。

五十七岁的老夏，看上去并不老，似有一股精气神提携着他，护佑着他。

看看小花，喝喝薄粥，看看旧书，写写腐文，退休老人的节奏。老夏潇洒自嘲。

我爱太湖，更爱太湖中的苏州洞庭西山岛，一次次深耕西山，发现它不同的美。老夏直抒胸臆。

美好的路上，一定能遇见美好的人。也许，你和我并没多少交集，但相遇时，微微一笑，心里已开满了鲜花。老夏诗情画意。

5月下旬，逛遍了方圆百里的老夏要出一趟远门了——挺进大别山，同行者是小张。

小张是个开冷柜货车的司机，每天深夜从无锡拉着货往上海、杭州、南京等地跑，一米八几的大个子，壮实敦厚，像《水浒传》里的汉子。

二十岁，他就从老家跑到了上海，跟着别人跑货运。他对老夏说，你不知道老家有多苦，不光有物质的苦，还有精神上的苦，那种一成不变的生活，能把人憋死。

　　老夏也是从农村出来的，懂得所谓的田园牧歌不过是不事稼穑的文人臆想，不过是困在这块土地上的人们苦中作乐。所以，老夏懂小张。

　　小张不想和父辈一样，他要走出物质和精神都贫瘠的山村。在上海，帮人搬运、跟人学驾驶的小张，吃尽了苦头。梦想一旦照亮现实，苦就不是苦了。小张有了自己的货车，灰暗的日子越来越明亮。

　　小张说，他爱江南，他要在江南生下根来，让儿女在这块丰润的土地上扎下根。

　　他要买房。在上海买不起，他就一次次跑到苏州、无锡、常州、南通看房，最后，在无锡落了户扎了根，把妻儿从老家接到江南，让孩子来城市上学。

　　实现人生的飞跃，不是那么简单。小张每天半夜起床装货，先后搬了七次家。小张是同事中的另类，同事们一旦空闲下来，不是吆喝着打牌就是喝酒吹牛。小张有梦想。只要有机会，他就开着摩托车去看江南的山山水水。

　　小张要让儿子见识更大的世界，走向更远的远方。老夏相信小张的梦想一定会实现。

这一次，相信小张会实现梦想的老夏，和小张一起出发了。

老夏的朋友圈记录了他们的这次远行：从无锡出发，行驶五个半小时，至马丁公路第一站：丁埠出口。晚上八点到南溪镇住宿，房间一百二十元一晚。晚饭是两个小火锅，两个蔬菜。舒适。

南溪镇是鄂豫皖三省交界的一个商贸重镇。抵达这里的第一个印象，就是山岚溪流，幽静优美，可惜天色已晚，又下着小雨，来不及好好欣赏，没关系，明天早起看风景。

次日，他们进入大别山腹地。"大别山，我们来了！"充满激情地拥抱了大别山后，他们去了武汉，访心仪的大学，见心念的朋友。武汉大学的张旭老师，起初是老夏的客户，后来成了老夏的朋友。

张老师和老夏一起，站在国立武汉大学的门楼下，想大先生，讲大先生。

百年前，一位牵着毛驴的大先生，围着珞珈山、东湖转了一圈，最后选下这个学校的地址——国立武汉大学。这位大先生就是李四光。提议建立这所大学，并题写校名的大先生，是蔡元培。这个学校还有一位让人敬仰的大先生——刘道玉。正因为有许许多多的大先生，才滋养出一所百年名校。在老夏心目中，这里，有最美的风景。

生如夏花

没上过大学的老夏，走在武汉大学的林荫大道上，走在这所德高望重又充满青春阳光的大学校园里，真诚地对张老师说，这辈子最大的遗憾就是没能参加高考，没能上大学。

企业家老夏，还有一个身份，作家。

他为自己写的简介是：夏正平，江苏省作协会员，宜兴市作协副主席，先后在《新华日报》《散文》《散文海外版》《西南军事文学》《青年文摘》等报刊发表小说、散文八十余万字。《豆香遍野》《清明》《远去的铁匠》等十多篇散文被选入北京、南京、镇江、南通等地中学生语文阅读课文和考试试卷。

"你看，这么粗糙的手，可以做精密的石英仪器，也可以写文章。马克思说得对，劳动创造世界。"老夏说。

我问他："文字的感觉那么好，是从哪里学来的？"

他说："天赋。"

曾经有个朋友问他："你的文字写得这么生动灵秀，一定看过很多书、下过苦功夫吧？"老夏老实说，他一点也不刻苦，除了花十元钱买过一本汉语字典，从乡镇文化站图书馆借来几本图书，也没买过几本书。

"为什么要写作？"我问老夏。

"那时我白天劳作，开着一辆破旧三轮车在大街上载客挣钱。回到家，躺在黑暗里，放平身体，在寂静里感受到了生命的辽阔，心魂和天地融合起来。写作，能表达这种辽阔，让苦难不再苦难，黑暗不再黑暗，沉重不再沉重，恐惧不再恐惧。"老夏以问作答，"你说，今后还有什么能打倒我呢？"

阅读和写作是我和老夏的又一个共同话题。我的一本书就放在他家书柜里。

昨天一早，老夏收到迅兄寄来的《凡尘磨镜录》。因腰脊旧伤发作，疼痛难忍，老夏忙过一天的事务后，晚饭也没好好吃，匆匆洗漱一下，便拿过书，爬上床，趴着读"迅兄"的最新作品。

迅兄是无锡作家苏迅，老夏和他相识应该有二十年了，曾经一起在黑陶主编的《江南晚报》副刊上发文。在老夏眼里，迅兄是太湖白水上的一叶扁舟，完全是江南才子风范。迅兄的文字雅致清丽如清风拂柳，内蕴深厚如浩渺太湖水。

趴着读迅兄的书，不觉已过午夜。神奇的是，老夏的腰不疼了。

为了让我真切地体会江南，老夏请来了媒体人乐心和李慧、本土作家魏平，还有一位大咖——国家级茶艺师周薇平。

生如夏花

围着蓝雪插好的绣球花，吃着碧螺春茶园里长出的枇杷，品着云南来的普洱茶膏，听乐心讲了一个感人的故事。乐心讲方言，底气十足，可惜我听不懂，好在老夏为我当了"翻译"。

太湖边，宜兴市，一个叫周铁的古镇，也就是魏平的老家。一个相貌平凡衣着普通的老人，来到当地一所学校的门口，给门卫递了一支烟，要进校园里看看。老人在校园里转了一圈，后来给这个学校捐了一千万元，用于修建学校的塑胶跑道，好让孩子们有一个舒适安全的健身场地。

这个老人姓甚名谁，我们都没记住，只知道他办了一家很有影响力的企业。乐心说："宜兴人乐善好施，愿意捐款，喜欢做公益。"

这个老人的故事，让老夏深受触动。老夏说："真的，人活着的价值，不是赚多少钱、身家多少，而是能为这个世界做些什么。一个企业的价值，也不是看你赚多少钱，而是看你能走多远，能给这个世界提供多少有价值的东西。愿我和我们公司也能深扎大地，像树一样生长。"

在这种氛围中生活、工作的老夏，有更远的"诗"，他思考命运、善恶、成功以及文化。

创业这些年，老夏的心态平和了不少，既然这个世界是多元的立体的，那就不能以简单的对错、好坏来区别，不过，他依然疾恶如仇。翻看泛黄的古书，看到"恶人"传下的所谓心术和手段，老夏吓出一身冷汗。老夏很警醒，要远离这种"恶"，为自己点亮一盏灯，保持光亮，保持温暖。

老夏本以为人来世界一趟，看清了人生的真相，就不用再回这个世界了，一天偶然看到了尼采这段话："就算人生是出悲剧，我们要有声有色地演这出悲剧，不要失掉了悲剧的壮丽和快慰；就算人生是个梦，我们也要有滋有味地做这个梦，不要失掉了梦的情致和乐趣。"老夏顿悟了。"世间所有，都值得我爱和付出。还是要拥抱这个人生，哪怕像飞蛾扑火。"

在漫长的人类进化史中，人与人、人和社会、人和世界的规则，早就一点一点划定好了，这就是文明的火炬，它照亮了混沌黑暗的天空，让这个世界变得纯净透亮。现代社会呢，永远有你追求不完的物质，彩电冰箱、汽车别墅、飞机游艇，都会让你永不停息地奔波。这是人的宿命吗？不，是人的欲望。

明白了这个世界的运行规则，退出这么一个巨大的"局"，不被环境和物质束缚，便是人世间最大的善。世俗定义的成功，多是掌控更多权力、财富和名声，掌控得越多就越成功。老夏认为成功应该有另外一种定义，那就是你想成为一个什么样的人。欣赏、经历，让生命更奔放更自在更快乐，让内心更平和更安宁更圆融，这样的人生难道不成功吗？夜深人静的时候，我们不妨问问自己，假如不被外面的东西牵制，你真正渴望成为一个什么样的人，又想得到一种什么样的成功。

我们在桥下人家吃晚饭，太湖银鱼和油泼麻鸭都很好吃。闲聊中，知道饭店旁边就是古运河。老夏对运河文化和海洋文化的思考和理解，先是给了我惊喜，继而令我敬佩。

江南小镇的文化，由两种文化交融汇聚而成。一种是具有世界视野的海派文化，它从上海、苏州、无锡这些大城市，通过一条条运河，一路流变而来；另一种就是江南特有的柔风细雨般的地域环境，造就了小镇人沉静悠闲、敏锐安逸的人文环境。这里的人是什么形象？老夏说得十分"形象"：上身穿着西服，双腿站在泥里，其中一条裤腿还卷起了半截。

海派文化和传统地域文化结合，共同铸就了江南人的性格：既有开阔的视野，又具备仓廪充实的笃定；能敞开怀抱接纳一切外来文化的影响，又坚守和弘扬本土文化，具体的表现就是，敏于创业又安居乐业。这就是江南人的文化内涵和精神特征。

文化流动从来就是多向度的。借助运河，当地人也走了出去。老夏所在的和桥镇，就走出十几名中科院院士和大学校长。老夏写过一篇题为《夜街》的散文，其中一节这样写道：

> 沿河两岸，有鹅山书院、彭城中学。书院傍河而居，日夜都听得到运河的涛声。涛声汩汩，激荡起先生心中的波澜。年轻的先生站在书房的窗前，久久凝望着夜色中的小镇。他身后的书桌上，蜡烛静静地在燃着，光芒把整个书房照得透亮。徐悲鸿、潘汉年、周培元、吴冠中这些在这个小镇上生活过的青年，一定不会忘记，就是在这样的夜晚，他们读着一本本有字的书，也读到了一本本无字的书。这些有字的书和无字的书有一个同样的题目，那就是——乡土中国。

青年学子立足小镇却仰望世界，是个隐喻。文字是作者内心的真实投射，老夏用文字表达自己，也有个"隐喻"。

左手创业、右手写作，双腿的不便，禁锢了行走，但不能禁锢灵魂和思想。借助现代文明的观念、技术和机遇，老夏同样走向世界。就像老夏的公司生产的比色皿、石英片等产品，尽管规模不大，但是国内大部分大学实验室、科研院所都在使用，产品甚至走向了更为广阔的国际舞台。

生如夏花

让产品走向世界，让文字走出内心——双腿被禁锢的老夏，走出了不一样的人生。

回到徐州半个月了，我都无法从江南氤氲的氛围中跳脱出来。那是一粒粒荔枝，安逸、朴实的表面，包裹着奋斗和激励的内里。这样的内里，是晶莹剔透的，是营养丰厚的。

一天傍晚，在徐州市中心，一个卖蓝莓的老人进入我的视野。

他头发花白、衣衫整齐，双手搭在大腿上，腰板挺直。他端坐着，不吆喝，也不看行人。

我坐在他对面不远的花坛上，观察他，也想自己的心事。他坐在我对面不远的地方，偶尔看向我，似乎也在想自己的心事。终于来了四个青年，两男两女，牵着两只狗，向老人问价。我起身离开时，看到老人拿起了电子秤。这个老人，让我想起了此行中遇到的许多人——老夏，老夏的父亲，老林，老史，小张……

我这几年也练出了一项本领——在嘈杂的场所能构思文章——我听不见别人在说什么。在人声鼎沸的世俗中能追求雅致——总有书本开口对我说话。大自然拥有人类一切美德，野草野花都是我的风景。

在徐州城东的吕梁山，我为一株蓟拍照。

这株蓟，长在路旁的石墙里，茎高而直，布满小刺，开着紫红色的花，落败的花壳子陪伴左右。

　　我恍惚起来，觉得苏北石墙里的那株蓟，很像江南的老夏。

　　跟随老夏而来的，似乎还有一叶扁舟。

茶中三昧

天下茗茶千百种，古今饮者无数计。小小一杯茶，里面盛放着人生百态、大千世界。个中滋味，又怎能尽数？

初秋的江南，阳光依然热烈，却含了一份令人舒服的干爽在里面。

早上，从宜兴城出发，沿东氿大道南行，经陶都路，再拐入通蠡西路，而后进入 104 国道。一路南行，翠竹织就的绿意相伴左右，村镇飞速后退，房舍逐渐稀疏，眼前突然开阔起来。左边是万顷碧浪的太湖，右边是连绵不绝的低矮群山。水波如碧，山色如洗。这一段，104 国道与长深高速并肩而下。过了一个叫庙港头的地方，车子转而西行，邢家浜、长平村、杨家村、田畈村、平桥村、丁新村一一掠过。乡道宽阔平坦，两边稻田染黄，遥遥看见前方右首立一佛塔，塔高九重，风送铃声。

不出几分钟，我和夏正平、蓝雪就抵达了顾渚的大唐贡茶院——久仰其名，终得一见。

从初夏开始，老夏和蓝雪就一直说要带我到长兴看看。盛夏时，老夏夫妻从高铁站接到我，不知不觉就到了竹海，站在山上往下看，好一派田园风光。夕阳包裹住我们，一不小心我们就进入了长兴县。

长兴，是蓝雪的老家。她初中毕业后才到无锡定居。

"长兴的山水养育了我。"提到长兴，蓝雪笑意盈盈，"小娘舅就是长兴的茶人，一个淳朴的山民。十六岁就会炒茶，早上采茶青，晚上回来炒茶，半夜上炭火烘。小娘舅很纯净，埋头做自己的事情，粗糙的双手都被茶叶汁水染黑了。很多传统手艺因为有了小娘舅这样安静、执着的人，才得以慢慢恢复和传承。"

蓝雪说："紫笋绿茶，就是一款从古籍的字里行间慢慢恢复活力、缓缓舒展开来的茶。"

美丽的山水很快就迎来了暮色，我们只好回到宜兴——那次留下的遗憾，终于在今天弥补。

"你看，顾渚山整体呈倒凹字的形状，斜对着的是太湖，开口朝向东南方，大唐贡茶院就在那凹口的地方。"蓝雪对我说。

"水口顾渚"四个红色大字刻在石头上，石头上方是一把巨大的紫砂提梁壶，提梁壶略微倾向下方的紫砂茶杯——看不到茶水，却仿佛闻到了茶香。

拾级而上，"茶人圣地"四个字就铺陈在黑色匾额上，抬头，看到"陆羽阁"三个黑字傲然于金色匾额上。

一片灰黑色的仿唐建筑，隐在青山翠竹里。远眺气势恢宏，仿佛置身于千年前的唐代，甚至忘了今夕何夕。近看古朴雅致，天空描绘了祥云，大地镶嵌了金边。

"我闻着茶香而来""我在大唐贡茶院等你"等字样，提醒我们重新考量一种关系——我们和茶的关系。

始建于唐代大历五年（770年）的大唐贡茶院，是中国历史上首座"皇家茶厂"。

中国的历史名茶，论历史悠久，能和四川蒙顶山茶媲美的，恐怕只有顾渚山紫笋茶了。我国有着五千年的饮茶史，但即便是今天的名茶产区——武夷山和西湖等地区，也是到了宋清以降才得盛名。而顾渚山茶，却在唐时便以钦点贡茶之名享誉朝堂，"琼浆玉露不可及，紫笋一到喜若狂"的说法流传于乡野。自此以后，顾渚山茶前后进贡长达六百余年，在茶史上留下了浓墨重彩的一页。

记录顾渚山茶的典籍不少，最著名的非《茶经》莫属。书的作者陆羽，茶界尽人皆知，哪怕只是稍微了解唐史的人，也定然知道他的鼎鼎大名。

《茶经·八之出》中，陆羽这样评价顾渚山茶："浙西，以湖州上，常州次；湖州生顾渚山中，常州义兴县生君山悬脚岭北峰下。"这里的"常州义兴县"，指现在的无锡市宜兴县。至于紫笋茶的优劣，用"阳崖阴林，紫者上，绿者次；笋者上，芽者次"来分辨。

"山僧有献佳茗者，会客尝之。野人陆羽以为芬香甘辣，冠于他境，可荐于上。"《金石录》里，曾收录《唐义兴县重修茶舍记》的碑文。这是我们熟悉的宋代女词人李清照和她的丈夫赵明诚留下的记录，点明"芬香甘辣"是陆羽对顾渚山茶的评价。

陆羽那句"可荐于上"，促使阳羡紫笋茶自唐肃宗年间起被定为贡茶。

在陆羽那句"冠于他境"千年之后，"泉嫩黄金涌，牙香紫璧裁"的顾渚山茶重现于世。

紫笋，是指顾渚山茶的嫩芽形态和颜色，芽叶还没长开的时候呈现紫色，很像刚冒头的竹笋。

我在老夏家品尝过这种茶，茶芽细嫩，色泽带紫，其形若笋。那是我第一次听说紫笋，第一次品味紫笋。

人在草木间，花下一壶茶。蓝雪说："爱茶，源于童年时期经常随妈妈去姥姥家所在的那个小山村，小时候走亲戚，见过长兴的'三道茶'，很有意思。亲戚总会先端上一杯茶说：'先甜甜嘴。'这杯茶，是在炒米里放入白糖。而后，端上来的是一杯咸咸的茶，里面满是自家做的烘青豆、橘色的陈皮和红红的丁香萝卜丝，还有一种黑色的东西，不知道叫什么名字，类似芝麻大的细小果子，嚼起来甚是香甜，前几天还和德清的一个朋友谈起，才知道那个黑黑的籽是紫苏的种子。喝完茶汤，亲戚总会贴心地递给我一根筷子，好把里面各式各样的茶件挑出来吃掉。最后端上来的是一杯清香的紫笋茶。年岁渐长，儿时的糖茶、咸茶慢慢淡出，留恋的唯有那杯清茶。

"2022 年 11 月具有里程碑意义，我国单独申报的'中国传统制茶技艺及其相关习俗'项目，正式入选联合国教科文组织新一批人类非物质文化遗产代表作名录。紫笋茶，与我们熟知的西湖龙井、安吉白茶、婺州举岩一起，成为国家级非遗项目。

"小娘舅成了国家级非遗传承人，忙了很多。下次带你去喝小娘舅亲自做的紫笋茶。"蓝雪的话，让我心动不已。

宜兴和长兴，分属两省，却又密不可分。这种密切，来自毗邻的地界，来自蓝雪小娘舅那样朴实的茶农，也来自那个叫陆羽的茶圣。

《新唐书》记载："羽，字鸿渐，不知所生。初，竟陵禅师智积得婴儿于水滨，育为弟子。及长，耻从削发，以《易》自筮，得《蹇》之《渐》，曰：'鸿渐于陆，其羽可用为仪。'始为姓名。"

"简介"中的陆羽，何其悲哀。

另有传说，解释了"羽"字的由来。因相貌丑陋，陆羽被遗弃，大雁以羽毛覆盖，防他受冻。后来陆羽被竟陵（湖北天门）龙盖寺（今名西塔寺）住持智积大师捡回，完成启蒙教育。

传说中的陆羽，何其幸哉。

陆羽由苦到甜的人生，恰如他口中的茶和笔下的《茶经》。

起意写《茶经》时，陆羽二十一岁。完成《茶经》，陆羽已经四十七岁。二十六年，一路风尘，饥食干粮，渴饮茶水；三十二州，独行野中，脚着藤鞋，身披短褐。最终，陆羽得到"茶圣"的美誉。

由此，中国乃至世界上第一部关于茶的学术著作《茶经》诞生了。它的出现，意义深远，推动了茶道的盛行，影响到其后政治、经济、文化与生活的方方面面。

我们去长兴，除了拜谒茶圣陆羽，还要体会"茶禅一味"的茶理。

"茶禅一味"，与陆羽同样关系密切。现于佛门，是陆羽的起点；归于寺旁，是陆羽的终点。

唐代的僧侣把饮茶与论经融为一体，把佛教哲学与人生价值结合起来，产生了"茶禅一味"的茶理，饮茶之风逐渐由寺院传播到民间。智积大师引领陆羽走进茶的世界，"隐心不隐迹"的诗僧皎然，是集禅、茶、诗于一身的高僧，对陆羽的茶事影响很大。《茶经》，则把饮茶提升到了美学高度。

今天的大唐贡茶院，陆羽阁、吉祥寺、东廊、西廊四部分顺山势而建，茶学经典《茶经》和陆羽像把人带入禅茶境界。

到了长兴，见了"陆羽"，茶在我们的生活中有了不一样的意义，甚至在我们的啜饮中也具有了不同以往的滋味。

三个人就这样感慨着，乘兴下山。

结识周薇平，正是通过夏正平。那时，蓝雪正跟着周薇平学茶艺，也在一起学古琴。

那天，看过茶园，走过竹林，吃过午饭后，我们就去了周薇平的茶室。还记得那天的茶香。喝的是黄茶，是我有生以来喝到的最香的一种茶。

此后，我和她的关系密切起来。

金秋十月，周薇平托人带了茶给我。一块黑茶茶砖，不大，包装纸上认真地写着一个"念"字，里面附着一枝桂。回到家，我把茶和桂收藏起来，至今没舍得拆封。

2019年，新年到来前，周薇平又寄来了红楼日历。她是知道我爱着《红楼梦》的。更让我感动的，是她在日历里的标注——每逢一个节气，就提醒我该喝什么茶。二十四个节气，留下了她二十四份嘱咐。

"喝茶宜温、宜顺、宜润，喝老不喝新，喝淡不喝浓，喝早不喝晚，喝热不喝冷，不要空腹喝。"立冬日，她交代注意事项。

"寒食这天不烧熟食，过了寒食后的那天，重新点起火——新火烧水煮新年的茶。"清明节，她这样解释"新火""新茶"。

二十四节气的茶事，连接着我和她，苏北和江南，古代和今天。

想想我们相识相交的过程，有的时候真是感慨：在人届中年的时候，却遇到了少女时代的友谊，浪漫，温柔，美好。

宜兴真的是一块风水宝地。低矮连绵的山丘，烟波浩渺的太湖，山间潺潺的泉水，跨溪而横的拱桥，低吟浅唱的竹海，素净清淡的餐食，轻声细语的乡音……所谓风光，不正是风起之时这片土地上变幻着的光影吗？而这一切，协调配合得如此精确，天衣无缝，美得自然。

漫山的茶树，随着平缓的山势起伏蔓延，如一张绿色的毯，柔软，温暖。早上或晚上，风轻轻地拂过山冈，阳光赋予茶叶金子一般的光泽。四季常绿的茶树，给人以慰藉——生命如茶，人们不用在它面前伤春悲秋。

车开到路边，停下，淡紫色的春花欢迎我们的到来。走进茶园，茶树齐腰，风吹起丝巾，思绪也跟着飘了起来。

如果友谊可以用一种茶来形容，我觉得最好的应该是白毫银针——陈年的白毫银针，仍然保留着生命之初最嫩的姿态，历经岁月的沉淀，毫不改形，却又具有了与日俱增的浓酽，回味甘甜悠长。

初夏，宜兴城内。

大溪河连通了东氿西氿。左岸，沧浦路上，是周薇平的三昧斋。

门面不大。门脸左右各有一幅喷绘，分别是周薇平和她儿子蒋文昊的介绍。

我和几个茶友围坐在茶桌前，周薇平教我们点茶。

第一次接触点茶，还是在唐诗里。白居易写道："骤雨松声入鼎来，白云满碗花徘徊。"当时读诗读得一脑门的糨糊，这不就像今天的咖啡拉花吗？

周薇平递给每人一把茶筅。竹子做的，有点像过去刷锅用的竹刷，上面是寸把长的竹节，下头是密细如发丝的竹丝，九十九根。

点茶，就是将茶末放在茶碗里，注入少量水，调成膏状。然后，注入沸水，用茶筅不停地击拂，使得茶末充分溶解于水中，成为可人的茶品。学过茶百戏的人，更厉害，能在茶上拉花、写字、绘画。

我跟着周薇平有样学样，手不停地击拂着茶筅，结果累得手酸，茶水仍是稀薄，茶色还是黯淡。第一次点茶，以失败告终。只好向周薇平求教。周薇平拿起茶筅，"唰唰唰"几下，奶一样的茶汤便神奇地出现了。我端起来，慢啜一口，茶香立刻溢满口腔。

喝着茶，听周薇平"讲古"。

北宋时期，中国审美发展到一个制高点，宋人生活中的"四艺"——点茶、焚香、插花、挂画，点茶排在第一，是宋人生活中最常见、最风雅的活动，因此点茶也频繁地见于宋诗之中，范仲淹《酬李光化见寄二首》中便有"石鼎斗茶浮乳白，海螺行酒滟波红"的诗句。

苏轼在杭州也写了首点茶的诗："道人晓出南屏山，来试点茶三昧手。忽惊午盏兔毛斑，打作春瓮鹅儿酒。天台乳花世不见，玉川风腋今安有。先生有意续茶经，会使老谦名不朽。"被苏轼称为"三昧手"的点茶高手就是身居南屏山麓净慈寺的谦师。什么是"三昧"？佛家说法。专注于做事的人，会进入更高的境界。

有人说，唐诗是酒，宋诗是茶。诚哉是言。

茶，兴于唐，盛于宋。宋代的茶艺，至今难以超越。现代的名优茶标准，从唐宋时期就有了，而且很明确。难怪陈寅恪说："华夏民族之文化，历数千载之演进，造极于赵宋之世。"法国汉学家埃狄纳·巴拉兹说得直接："中国封建社会的特征，到宋代已发育成熟，而近代中国的新因素，到宋代已显著呈现。"

宋人点茶第一步是调膏，调膏之后再点茶。点白茶容易出沫，所以"茶皇帝"宋徽宗对白茶最为欣赏。他用的是"七汤点茶法"，也就是分七次注水，得到的白色茶沫细腻丰富，茶汤乳雾汹涌。

日式点茶是由南宋寺僧传过去的。"茶圣"陆羽之后七百年，日本进入了茶文化高峰，千利休成为茶道集大成者。华夏的唐代禅茶思想、宋代雅文化和点茶法，融入日本的和歌、建筑、插花、书画等元素，再加上茶室环境的塑造、茶师动作的演示和心意的表达，营造出和敬静寂的美学精神。

茶室的门也有讲究。唐代煮茶，宋代点茶，明清泡茶，每个朝代有每个朝代的特点。但有一点是相同的，茶道面前人人平等。茶室门矮就是要让地位崇高或腰缠万贯的人放下傲慢，放低身段，以谦卑质朴的姿态进入茶的世界。

绿茶，红茶，白茶，黑茶，黄茶，乌龙茶。
龙井，碧螺春，雀舌，毛峰，毛尖，普洱。

老白茶，大红袍，铁观音，雨花茶，茉莉花茶，太平猴魁，正山小种。

苏州，无锡，杭州，武夷，福鼎，祁门，黄山，信阳，普洱，宜昌，安化，成都。

茶树真是一种神奇的植物。它们可以生长在不同的地域，可以经由不同的工艺，向世人呈现出不同的形状、汤色和口感。陆羽在《茶经》开篇即解释道："茶者，南方之嘉木也。"在随后的一千多年里，那七千多字、四十六本薄薄的小册子被所有的茶叶生产者和消费者奉为圭臬，"茶之为用，味至寒，为饮最宜精行俭德之人。若热渴、凝闷、脑疼、目涩、四肢烦、百节不舒，聊四五啜，与醍醐、甘露抗衡也"。

几片叶子和热水的融合，便产生了茶。这么简单的事情，几千年一路做下来，便衍生出名目繁多的茶。所谓的茶文化，不仅是一种饮品的生产和流通，同时又关联着器皿、工艺、场所、习俗、饮食、健康、社交、贸易、经济，甚至政治和战争。

中国人开门七件事，柴米油盐酱醋茶。这七件事，必需吗？必需！是中国人的日常生活。这七件事的排序非常有意思。柴米在前，是解决温饱问题的。油盐酱醋，是解决了温饱之后，向有滋有味的生活进发。茶排在最后，并非表明它可有可无，不重要，而是解决了温饱等基本需求之后更高级的追求，一种精神的求索。古人说，茶性俭。人们需时时用茶中蕴含的这一"俭"性来提醒自己。周薇平几次和我说到"素俭度日"，大概也是这个意思吧。

另外一件有意思的事，中国人又取了"米"和"茶"两个字，来代表年龄。米寿之年为八十八岁，茶寿之年为一百零八岁。因为"米"字拆开，其上下各是八，中间是十，可读作八十八，所以称为米寿。"茶"字上的草字头即双"十"，相加即"二十"，中间的"人"分开即为"八"，底部的"木"即"十"和"八"，中底部连在一起构成"八十八"，再加上字头的"二十"，一共是一百零八，所以称为茶寿。中国人的浪漫和雅致，是融入日常的。

茶叶东渡，茶路西延，中国是茶的故乡。这是它遍布世界、广为接受后人们的共识。

当初，它走向世界的时候，富有戏剧性："这种知名植物的进步有点像是真理的进步：开始是怀疑，尽管那些敢于尝试的人觉得非常合意；接着，伴随着它的逐渐推进，人们的态度变成了抗拒；随着它的渐受欢迎，又变成了诋毁；最后在时光及其自身优点缓慢然而势不可当的作用下终获全胜——抚慰了从庙堂到村社的整个国家。"英国作家艾萨克·迪斯雷利写得风趣。

"三千名将士，只为对付一位茶道师傅。我的一生、全部身心，都献给了一杯茶。能让天下地动山摇的，不是只有武器和黄金。"日本电影《寻访千利休》一开头，暴风骤雨中的千利休，就说了这么一段话。其时，弄权的丰臣秀吉正向他步步紧逼。千利休不为所动，唯有美的事物，方能令他低下头颅。千利休坚守的美，都和茶有关。

汉字的世界，很神奇。如果一个字可以与更多的字链接，那么就说明这个字的活性强，也表明这个字的衍生意义丰富，就像一个人，他的社会关系越多则证明他的社会活动能力越强。

就拿"茶"这个字来说，你看，采茶，泡茶，煮茶，喝茶，啜茶，饮茶，斗茶，点茶，抹茶；红茶，绿茶，白茶，黑茶，黄茶，乌龙茶；茶杯，茶碗，茶盏，茶筅，茶几，茶盘，茶海，茶客，茶引，茶寿……"茶"字的活性和广泛性，使得茶的文化属性更为强烈——它已经渗透到生活的方方面面，甚至超越了生活本身，成为人们的精神寄托、品格标高和心灵栖息地。

另外，这几年中国茶的产量逐年走高，证明茶越来越多地进入到人的生活和交际之中。我查了一下近三年来的中国茶叶总产量，2020 年是 293.18 万吨，2021 年是 316.4 万吨，

2022 年是 334.21 万吨。

将产量不断增加的茶叶生产出来、销售出去，恰恰是周薇平们的工作。在成就自己事业的同时，中国茶走向了更加广阔的世界，中国茶文化广受推崇。

天下茗茶千百种，古今饮者无数计。小小一杯茶，里面盛放着人生百态、大千世界。个中滋味，又怎能尽数？

归结起来，茶有三昧：一曰冷热；二曰浓淡；三曰浮沉。知此三昧，才能略懂茶的真谛。

周薇平的茶店便以"三昧斋"为名："三昧斋是我多年来一直用着的斋号，也是店招。宜兴人写作写字都有个斋号的。"

周薇平说："这个斋号可以从四个层次来理解：

"三昧，指人生一苦二甜三回味。三昧，也是茶的味道，即苦味、甜味和回味。茶味就是人生的味道，所以她时刻警醒自己，人生来是要吃苦的，要辛苦工作，想明白了就觉得不苦了，甜味随之而来，人生也充满回味。

"三昧斋，也是三昧斋。斋是修身修心修行的地方。《三昧法华经》里，'味'也写作'昧'。在人间修行，从'日'到'口'，就少了一'横'。

"三昧斋，一直秉承着'三成利、利三成'的做法。'三成利'就是利润只取三成，'利三成'就是赚了钱后拿出三成利润，用于感恩和回馈。

"中国人说，'道生一，一生二，二生三，三生万物'，绵绵不绝，三昧斋的'三'，就有这个意思在里面。"

茶是语言、文字、音乐之外的另一种交流。茶是社交的一种方式，是沟通的一座桥梁。

在这种认知下，周薇平不能不说陶都和陶都风雅。

中国地大物博，为茶提供了广阔的生长空间。按照通常的划分法，有江南产区、江北产区、华南产区、西南产区。甚至北方的山东和陕西，都能觅见茶树的身影。

决定茶的口感的，大约有三个因素：一是茶本身；二是水；三是器。

茶本身不必细说了，每一个地方都根据茶的区域特性，炮制出品类繁多的茶来，所谓黑白红绿黄和乌龙，又细分出更多的亚种。

水对于茶的口感，起着决定性作用。早在明代，张大复在《梅花草堂笔谈》里就曾说过："茶性必发于水。八分之茶，遇十分之水，茶亦十分矣；八分之水，试十分之茶，茶只八分耳。"

要泡出好茶，八成的把握在水，茶的特性由水来体现。就算只有八分好的茶，如果水有十分好，则能泡出十分好的茶；如果十分好的茶，用八分好的水来泡，只能泡出八分好的茶，白白浪费了茶的那两分。水的好坏，直接影响到茶的色、香、味。茶寄于水，方显其味。好茶无好水，则难得真味。

至于器，有瓷、陶、玻璃等。玻璃是后来才发明的，古人喝茶多用陶和瓷，无论是杯、碗、盏、壶。不同的器，对于香气的挥发或吸收，都各有所长。其实茶器，更多体现的是中国式审美和传统文化的绵延。

能够集优质茶、水、器于一地的，国内并不多见。宜兴的幸运在于，陶好、水好、茶好。和宜兴相似的，还有福建的南屏，那里以出产铁观音和建盏闻名于世。所以，集中了三大优势的宜兴，想不会喝茶都难，想不爱喝茶更不容易。

到大自然中去品茶，是一件风雅的事。或隐青山里，或遁绿水间，或藏野花丛，与三五知己一起，烹茶品茗，抚琴追昔，笑谈未来，真乃人生乐事。

国庆佳节，周薇平邀约登山爱好者和多年未见的朋友攀爬宜兴城西南的铜官山。路上，偶遇宜兴知名企业的员工，大家含笑挥手，热情地打招呼。到达目的地——海拔五百二十一米的"苏南第一峰"香炉峰，欢声笑语响了起来。

景致迷人，山风清爽。

周薇平安排茶艺师们铺好茶席，备好茶具，开始投茶冲泡。闻香听风、闭目冥想，山顶品茗的松弛和自在无法言说。

周薇平认为，每一次出发都是刷新自己，每一次登山都是挑战自我，每一次品茶都是省观自己。

茶文化，不仅体现在茶的制作、冲泡、饮用上，还体现在器的传承和创新上。随着茶艺的进一步精细化，小小一方茶席，也成了茶文化展示与传播的载体。

周薇平说起第十六届阳羡茶会。那次茶会是宜兴近年来规模最大的一次，整个活动有六十八个茶艺师参加。在陶瓷博物馆顾景舟艺术馆门前广场，带队的周薇平和茶艺师们设计了三十席，都是原创作品。

有一位顾小思茶友，做了一个"三秋桂子"，用一个书法作品为茶席命名，展示内心的喜悦。还有一位男士，是学围棋的，在茶几上面用黑子和白子做了一个茶席，就是"黑白子的一个对话"。

"茶席上面，融汇了我们宜兴的茶文化、壶文化。宜兴这个千年古城的文化积淀，都在茶席上呈现出来。"周薇平提到茶席，眼睛亮了起来，语速也快了起来，"宜兴普通人的生活场景，升华到茶席上，就有了更多的文化底蕴。"

要把茶文化传承下去，最直接的办法就是教会儿子制茶、品茶。

那年春天，蒋文昊和母亲周薇平在饭店等着我们过去用餐。他亲自在家里泡好了一壶茶，一路上怕凉了，用保温桶装着。我当时心里就暗想，这孩子体贴、周到、从容。后来才明白，孩子的好气质是长期浸淫于饮食文化和茶文化中自然滋养出来的。

蒋文昊毕业于江苏省宜兴中等专业学校，是该校2012级烹饪班的优秀毕业生，曾被选派到无锡参加烹饪大赛，切、配、烹、装，动作稳健而专业，气息沉着又淡定。

"孩子怎么会想到学习烹饪的？你支持孩子的选择吗？"我问周薇平。

"当初蒋文昊的成绩是可以上普通高中的，但我思量，与其去过高考这个独木桥，还不如根据孩子自身情况另辟蹊径，于是遵循孩子的兴趣上了烹饪班。人活着，要有一技之长。要有拿得出手的本事，长大了才能谋生。十年磨一剑也好，一万小时定律也罢，只要孩子能下苦功夫，做个踏实的手艺人，有尊严地活着，就是一种成功。当然前提是要有德，先成人再成材，做谦卑有礼、感恩惜福、自食其力的人。"

指点儿子往玻璃茶杯再加些水后，周薇平继续说："除了烹饪专业，孩子最喜欢的就是品茶。我没有刻意要求他学，只是制造一个氛围，潜移默化引导他。以前做房地产营销时，我就是再忙也要抽出时间研习茶艺理论知识，一次次国家考级都顺利通过。茶是我的个人爱好，数十年的执着学习，赢得了专业老师的赞许，囊括了专业资质，我成为国内第一批茶艺专业培训师，而我的第一个学生就是我儿子。家长是孩子第一任老师，也是榜样，母亲认真踏实的学习态度会直接影响到孩子。"

母亲给了孩子品味，母亲也给了孩子保护。

"以前孩子学烹饪，很多人嘲笑、很多人鄙视，我就写文章对火上。每个人能力有限，喜欢的东西也不一样，为什么孩子就不能学烹饪呢？孩子没有精神上的压力，没有金钱方面的焦虑，他觉得有本事就能有钱来，他不追求奢侈品，我也只要他不辜负青春时光。"周薇平对我说。

此后的几年，没有蒋文昊的消息，我知道他在"练功"。二十五岁时，蒋文昊出道了。

周薇平给我发来了喜报：2022 年 9 月 23 日，蒋文昊获评江苏省评茶员大赛一等奖（一类赛事）。

在一张活动预告上，蒋文昊一栏写着三味斋主理人。一些新闻链接上，他的简介厚实起来：蒋文昊，字勋捷，江苏省（阳羡雪芽）制茶名师，宜兴市手工制茶（阳羡雪芽）技能大赛一等奖，江苏省首届评茶员大赛一等奖，无锡技术能手，宜兴市"五一创新能手"，唐煎宋点茶道江苏站负责人。令人惊喜的是，年纪轻轻的他已经进阶为裁判员和考评员。

后来，他又有了自己的茶商标——青木树。

这个注册商标，寄托着母亲对儿子的殷殷期望："我希望我娃长成一棵树，根深叶茂，开花结果。开不醒目的小花，结累累的果实。"

蒋文昊会做宜兴红茶，也会做阳羡雪芽。宜兴是他的"根据地"，但是他要走向很远的地方，学习很多知识，拜访很多名师。

从小爱茶的蒋文昊，学生时期就利用假期跟随母亲走茶山访好茶，足迹遍布江苏、安徽、浙江、福建、广东、湖南、云南等产茶区。2013 年到 2018 年，蒋文昊开始系统地学习茶学知识，独自行走万里茶路，向制茶名师请教，逐渐掌握了洞庭碧螺春、西湖龙井、福鼎白茶的制作技艺。

功夫不负有心人，成绩接踵而至：

2019 年，"南山坞队"江苏省代表队参加中国技能大赛首届全国评茶员技能竞赛总决赛，蒋文昊荣获"优秀个人奖"，他带领的"南山坞队"也摘得"优秀组织奖"。

2020 年，第二届全国评茶员职业技能竞赛江苏预选赛，蒋文昊获得一等奖。同年，又在第二届全国茶叶加工职业技能竞赛江苏预选赛中拿到二等奖。

2021年，宜兴市首届乡村振兴人才（茶叶加工工）技能技艺大赛举办。历经杀青、摊凉、做形、干燥等工序，蒋文昊以自己的手上功夫胜出，获得针形绿茶组唯一的一等奖。

蒋文昊选择"茶业"为事业，引得中国工程院院士刘仲华教授题词勉励："加油，文昊小朋友，美好的未来属于你。"

2023年7月30日，周薇平敬仰的碧螺春制茶大师周永明来到三味斋，与周薇平母子畅谈苏州碧螺春。

"蒋文昊很有茶缘，经常能够得到国内名家的指点！"周薇平支持儿子拜访茶界名师、寻求前辈指点，因为只有这样，蒋文昊才能融会贯通六大茶类，行得远，走得稳。同时，周薇平也清醒地意识到，在当下的社会环境里，蒋文昊仅精通于茶是远远不够的。所以，蒋文昊在取得无锡工艺职业技术学院电子商务专业的大专文凭后，如今又在攻读南京理工大学视觉传达本科专业课程。他相信，这两个专业定会让他在茶文化的传播征途上如虎添翼。

杭州龙坞，留给我的印象极好。

春天的龙坞，阳光明媚，洋溢着欢乐的气氛，很多新人专门从城里来这里结婚，伴娘和伴郎走在新郎和新娘的后面，队伍拉得很长。家家户户门口都种着花，空气里飘荡着龙井茶的香气和各色花木的香气。

秋天的龙坞，晴空万里，坐在面馆里，花五十元钱，吃一碗面——面里有未去壳的鲜虾与香气扑鼻的鳝丝。抬起头来，才发现对面有隐隐青山，还有翠绿的芭蕉。在朋友的工作室，男主人拿起水桶一声不吭地出去了，回来时水桶里却装满了山泉水，女主人娴熟地泡茶待客，用的就是龙坞的山泉水。

龙坞，是我喜欢杭州的一个理由。龙坞，也是周薇平喜欢杭州的一个理由。

2023 年 9 月 10 日，安化黑茶第六季《最美茶艺师》浙江赛区在杭州市龙坞茶镇举行，来自全国二十余个省份的五千多名选手参加比赛。

《最美茶艺师》是湖南广播电视台打造的一档大型茶艺师竞演节目，也是中国第一档茶艺师电视选秀节目，迄今已经走过了六年。这样的赛事，让更多年轻人爱上中国茶文化，更让世界看到中国茶文化。

茶汤，茶艺，茶器，茶席。茶品牌，茶文化，茶科技，茶产业。茶艺，茶趣，茶境，茶德。周薇平应邀担任了本次比赛的评委，评委们对选手的考察是全面的。

"江浙女子优雅、秀美，充满灵气，将江南水乡与千年名茶组合、当代元素和传统文化结合，一个又一个构思，令人赞不绝口。"周薇平对选手们的表现印象深刻。

茶席凸显的审美、茶器蕴含的古雅、茶汤流露的甘滑，一一展现了江南水韵与安化黑茶的魅力，无不诉说着二者碰撞而来的美妙。

"年轻一代不仅从手艺上很好地继承了茶文化，而且创造性地通过舞台、故事、道具等讲述当下中国的茶故事。这表明，她们对茶文化的创新发展有自己的见解和行动，这是一件值得高兴的事。"周薇平说。

有几个选手给了她很深的印象。

"来自内蒙古大草原的张晓金，自幼向往如梦如幻的烟雨江南。为了追寻南方嘉木，她离家千里，扎根江南，用六年的时间钻研，不仅获得了来自茶的那一份清甜，也在茶业中拓展了生命的宽度。这一次，她借由一道历经时间沉淀的黑茶贡尖，表达了对杭州亚运会的祝福和把中国茶传播于世界的决心。"头戴白色珠链，一颗红润的宝石点在眉间，乌黑的两条辫子搭在镶着红边的白衣上，张晓金的打扮颇为素雅，姿容和茶艺一样令人难忘。

"排名第一、直接进入全国三十六强的余快，表演更具故事性。红军长征途中，小士兵们有些灰心，营长拿出自己从湖南安化老家带出来的一块黑茶，请他们品尝来之不易的一杯茶。喝着茶，听着营长的讲述，士兵们心里热乎起来，重燃起对胜利的信心。"说完余快的温婉可人，周薇平提到了徐翊剡的历史眼光，"徐翊剡泡出的茶和她的妆容一样精致，年纪轻轻的她就懂得'没有小舞台，只有小演员'的道理，她所要表达的主题是人、茶、空间的关系。冲泡茯砖茶的过程，就把人们引领到两千年前的丝绸之路上。舞台上的四条丝带，代表万里茶道的四条线路；金色为主色调，与茯砖的金花相呼应。"

"王浙芳是一家茶馆的主理人，她展示的主题是亚运茶文化，茶席的设计和茶器选用，都带有亚运元素和色彩，并巧妙地融入了杭州城的古韵古风。"

沉醉在茶的世界里，人的形象会有很大改变，气质和内涵也会随之而来。

周薇平从一个又一个年轻茶人那里，看到茶给人带来的有利影响——学会了包容、接纳，学会了平静、愉悦。她常常想起这样的画面：一个"茶仙女"，坐在茶桌前，白衣素席，仙气飘飘，明丽动人。这画面，经由她，也到达了我这里，到达了更多茶人那里。

面对一群年轻的茶人，周薇平既欣喜，也感到了压力。茶艺的进步没有止境，茶文化的传播没有固定程式，以有限的生命应对无限的进步,这是她要面对的。

"欣喜地看到越来越多的年轻人进入茶行业,中国茶有未来!"比赛结束后,周薇平乘坐最后一班高铁赶往宜兴,"多对选手鼓励、疼爱和理解,她们这样年轻,每天都可以进步、成长。因为年轻,未来一切皆有可能!"

赶到高铁站,周薇平打印高铁票。对弄茶人而言,铁路就是他们的心路、茶路。学生雅琴看到那厚厚一叠车票,脸上的笑容收了起来,忍不住说:"老师,您真辛苦啊!"

"人生如茶,苦有回甘。"周薇平说。

茶中三昧

乱针从容

由西而来，化为神奇。向西而去，惊艳世界。一百年，四代人，被浓缩进这个夏日。

京杭大运河，在常州穿城而过。勤业桥下，是博济南岸里街区。

桥上车水马龙，桥下河水潺潺。厚重的桥面，勾连起的不仅是南北，还有一座运河城市的千年过往和当下繁华。

常州乱针绣博物馆，二楼的一个房间。阳光从窗外照进来，光线和桌上的五彩绣线一样，明丽，安静。

孙燕云坐在我对面。黑底白点连衣裙。黑色眼镜，素净，典雅。短发，微微卷起。平跟皮凉鞋，有珍珠般的光泽。孙燕云背后，是一个不大的书橱，里面摆放着《世界美术全集》《瞬间永恒：美国国家地理人物摄影传世佳作》《清宫后妃首饰图典》《第八届中国工艺美术大师参评作品集》等书籍，一律的厚重。

这场面，像一幅经典的油画，又像一帧精美的乱针绣。

说到乱针绣，杨守玉成为绕不过去的源头和高峰。对乱针绣来说，源头就是高峰，有点珠穆朗玛峰的意味。

就是这个传奇式人物，在中国刺绣史上发明了一种全新的手法——乱针绣。在此之前，中国的刺绣都是平针绣，密接其针，排比其线，呈现的是一个平面世界。而乱针绣，线随心走，针跟意行，艺术的灵性得以自由发挥，呈现的是一个立体世界。

乱针绣在织物上以针绣的方式自由地表达创作思想、审美取向、个人感情和美学追求，不能不说这是中国刺绣的一次革命性突破，堪称三千年未有之创造。

刺绣是中国古老的手工技艺之一，古代称"黹""针黹"。因刺绣多为妇女所作，故属于"女红"的一个重要部分。

据《尚书》记载，远在四千多年前，章服制度就规定"衣画而裳绣"。至周代，有"绣缋共职"的记载。三国时期，吴国控制了江南一带，孙权曾命部下将领赵达之妹为吴国绘制《山川地势图》。

今天，湖北和湖南出土的战国、两汉时期的绣品，水平都很高。唐宋时期，刺绣施针匀细，设色丰富，盛行用刺绣作书画、饰件等。明清时期，民间刺绣也得到进一步发展，先后产生了苏绣、粤绣、湘绣、蜀绣，号称"四大名绣"，封建王朝的宫廷绣坊规模很大，苏州织造、杭州织造、江宁织造声名大噪。

乱针绣不同于四大名绣，绣法自成一格，在织物上以针引线，运用西洋绘画的视觉要素构成形象，是和绘画艺术平行的一种艺术形态。

米开朗基罗说："艺术家用脑，而不是用手去画。"乱针绣正是如此。在刺绣的过程中，创作者由心用针，以情走线，手指挣脱了眼睛的拘束，直接听从大脑的指挥，创造出真实而鲜活的艺术形象。简单地理解就是，绘画用笔和色，乱针绣用针和线。

乱针绣博物馆门前，矗立着一尊女性的铜像，这便是乱针绣的创始人杨守玉先生。

1896 年 6 月 26 日，杨守玉出生于常州的一个书香门第，乳名祥名，学名杨韫，字瘦玉、瘦冰，后改名为守玉，改字为冰若。

更改名字的背后，尘封着一段凄美的历史。

"杨守玉没结过婚，她和刘海粟是表兄妹，她叫刘海粟九哥。"

刘海粟比杨守玉大几个月，是杨守玉的同庚表哥。刘海粟管杨守玉的母亲叫姑妈，杨守玉管刘海粟的父亲叫舅舅。杨母与刘父，是亲姐弟。刘海粟在常州居住的青云坊与杨守玉居住的杨家花园，只隔着一条白云溪。

1909 年，刘海粟前往上海布景画传习所学习现代绘画。一年后，刘海粟回到常州，在刘家大院创办了"图画传习所"，杨守玉和表姐庄著成成了常州城里第一批学习西洋画的学生。

　　传习所开了两年，杨守玉得到西洋画的启蒙，也得到了美好的情愫。

　　转眼之间，刘海粟、杨守玉到了谈婚论嫁的年龄。可恨"八字不合"的说法，活生生拆散了这对青梅竹马的表兄妹。刘海粟被逼娶了富商之女，两年后"逃婚"到了上海，创办第一所美术专科学校，也就是南京艺术学院的前身。杨守玉则进入武进女子师范学校，幸运地遇见恩师吕凤子。

　　吕凤子是个天才。他的门下簇拥着李可染、吴冠中、王朝闻、朱德群等一批大师级的画家，说他是中国美术界的"百年巨匠"毫不为过。

　　"他的才华真高，但是他生性淡泊，简直可以说已经到了不食人间烟火的地步，要是他稍微重视名利一点，他的名气就会大得不得了了。"张大千这样评价吕凤子，"人品高尚，淡泊名利，与世无争，一心办教育，为人师表。"

　　吕凤子是中国新式教育，尤其是新式美术教育的先行者，始终怀着"以美育和爱育治国"的理想，1910 年在上海创办了中国最早的美术专科学校神州美术院，1911年在家乡丹阳创办了正则女子职业学校，1913年入教武进女子师范学校。在这里，他认识了杨守玉。

"我们是创造文化的力量""人生制作即艺术制作""我们的乱针绣既异乎一切画一切绣，那么，我们就可以大胆地说是我们创造的美术品。"吕凤子的教育思想和艺术主张，至今仍振聋发聩。

正则绣，是乱针绣的"曾用名"，因诞生在正则女子职业学校而得名。在三十多年的办学中，正则女校始终将乱针绣作为一门正规学科，逐渐形成了完整的教育体系和学院主义的绘绣风格。

1915年，杨守玉、庄著成、陶吟籁等六名学生自武进女子师范学校毕业后，按照之前和吕凤子先生的约定，来到丹阳正则女校担任教师。

这些旧社会大家庭走出的女性，至今仍然值得敬重。

陶吟籁和杨守玉一样终生未嫁，她捐出自己的嫁妆，建起了"吟籁楼"，另一座教学楼，则以"守玉楼"命名，用以褒奖杨守玉在乱针绣上的贡献。

早在1919年，杨守玉就在刺绣方法上寻得了新的突破，她把西洋绘画的色彩和素描衬影法运用于刺绣，作品效果宛如油画。

"杨老师把自己的感情都倾注在了刺绣之中，才能够绣出那么多杰出的作品，杨老师能有后来的成就，与她对表哥的深情分不开。"乱针绣第三代传人狄静曾向记者讲述杨守玉对"九哥"的深情，"刘海粟到上海办美术专科学校。因为他是学油画的，那么肯定要画素描，画人物裸体。但是，这样的事情在 20 世纪二三十年代肯定是不可以的，刘海粟就被抓到警察局去了。杨老师在常州听到了这件事，在很短的时间内就用乱针绣绣了两幅裸体的世界名画《少女与鹅》《出浴》，用来支持刘海粟。"

　　《少女与鹅》，这一题材来自希腊神话，有的叫作《丽达与天鹅》。画面上，一只强壮的天鹅正在向一个美丽的裸体少女求爱。

　　如何理解这幅刺绣作品？我们可以借助爱尔兰诗人叶芝的一首诗。那首题为《丽达与天鹅》的诗，写于 1923 年，发表于 1928 年。

　　叶芝的诗句深奥而玄妙：

　　　　突然袭击／在跟跄的少女身上／一双巨翅还在乱扑，一双黑蹼／抚弄她的大腿，鹅喙衔着她的颈项／他的胸脯紧压她无计脱身的胸脯／手指啊，被惊呆了，哪还有能力／从松开的腿间推开那白羽的荣耀／身体呀，翻倒在雪白的灯芯草里／感到的唯有其中那奇异的心跳／腰股内一阵颤栗，竟从中生出断垣残壁、城楼上的浓烟烈焰／和阿伽门农之死／当她被占有之时，当她如此被天空的野蛮热血制服／直到那冷漠的喙把她放开之前／她是否获取了他的威力，他的知识？

在希腊神话里，这只天鹅就是众神之王宙斯，与人间少女丽达交配后，丽达生了个女儿——引起特洛伊战争的绝色美女海伦。

天鹅优美、高雅、纯洁、庄重、温柔、娴静，是西方诗歌、舞蹈热衷表现的对象，而叶芝表现的则是天鹅的野蛮粗暴。1923 年叶芝谈及自己的创作："那时我认为，现在不可能干任何事情，除非有一场自上而下的、由暴力开路的运动。我的想象开始在丽达和天鹅上找比喻，然后动手写了这首诗。但是一旦开始动笔，鸟儿和淑女就占据了整个场景，一切政治都消失了。"叶芝认为宙斯与丽达带来了希腊文明，但也引来了激烈的冲突和巨大的灾难——高尚传统消失，灾难笼罩世界，两千年一循环的历史，走到了迎接新世界的节点上。

懂得了《丽达与天鹅》，我也就懂得了杨守玉用意之深刻、底蕴之深厚、视野之开阔。《丽达与天鹅》，是杨守玉为我们绣出的一座桥，桥的这端是古，那端是今。

吕凤子惊叹道："杨老师，你知道自己创造了多少个第一吗？我是第一次看到前所未有的绣艺！你第一次绣人体，我们学校第一次创作裸体作品，中国刺绣第一次出现裸体作品。"

此后的杨守玉，创作进入了自由的境界。她不论长短、不论方向地自由落针，先是创作出了一幅完整的单色作品《老人头像》，接着又绣制出彩色的《泰山黑龙潭》。

1928 年前后，乱针绣横空出世。

抗日战争爆发后，随学校一起转移到重庆的杨守玉进入创作高峰期。她飞针走线，把国仇家恨一针针一线线地绣入作品《难民》《美女与骷髅》《罗斯福像》中。

此时的杨守玉，不仅是一位杰出的绣娘，更是一位探索生命意义的知识分子、世界反法西斯战争的文化战士。

鉴于杨守玉巨大的艺术成就，根据前人以姓氏命名刺绣的惯例（如"顾绣""沈绣"），吕凤子曾把乱针绣命名为"杨绣"。因"先生不承"（杨守玉谦虚低调、淡泊名利，不接受以她的姓氏为乱针绣冠名），吕凤子便以学校的名字命名为"正则绣"，后被大家称为"乱针绣"。

"申请非遗时，我们用的也是'乱针绣'这个名称。"孙燕云说。

所有的艺术门类，都具有担负社会责任、记录社会事件、反映时代精神的使命。杨守玉所创的乱针绣，也是如此。

新中国成立后，杨守玉紧跟时代向前走。长时间站立于绣架前，废寝忘食地刺绣，令她积劳成疾，手臂无法抬起。即便这样，她仍以惊人的毅力在 1952 年绣制了《斯大林像》《毛主席像》《朱总司令在军舰上》等作品。

杨守玉晚年写下"一室向明贮文史，锦绣山河伴我生"的诗句，成为她一生艺术生涯的写照。乱针绣，亦被誉为中国传统刺绣的"第三块里程碑"。

1981 年 2 月 12 日，杨守玉因突发脑出血，驾鹤西去。

杨守玉走了，叶芝的诗歌《当你老了》，伴随着深沉的旋律，抚慰每一个人的心灵。

当你老了，头发花白，睡意沉沉 / 倦坐在炉边，取下这本书来 / 慢慢读着，追梦当年的眼神 / 你那柔美的神采与深幽的晕影 / 多少人爱过你昙花一现的身影 / 爱过你的美貌，以虚伪或真情 / 唯独

大河
奋楫

119

一人曾爱你那朝圣者的心 / 爱你哀戚的脸上岁月的
留痕 / 在炉罩边低眉弯腰 / 忧戚沉思，喃喃而语 /
是怎样逝去，又怎样步上群山 / 怎样在繁星之间藏
住了脸。

1889 年，叶芝爱上了英军上校美丽的女儿、女演员茉
德·冈。"她伫立窗畔，身旁盛开着一大团苹果花；她光彩
夺目，仿佛自身就是洒满了阳光的花瓣。"人生初见，诗意
美好，爱情的齿轮开始启动，茉德·冈成为叶芝诗中的玫瑰
和海伦。茉德·冈多次拒绝叶芝，说诗人永远不该结婚，可
以从不幸中写出美丽的诗句来，世人会因为她不嫁给他而感
谢她。

《当你老了》，真挚，没有止步于个人情感；深沉，没
有深陷于个人情绪，个体超越了众生，哀伤升华为永恒。

立秋后，烈日当空，白云不敢靠近，天空有着惊人的
明净。

车子停在怀德大桥下，过了马路，走几步就到了运河畔
毗陵驿。石碑是新建的，但也有三十多年了，"毗陵驿"三
个字由武中奇书写于 20 世纪 80 年代。

毗陵驿石碑，在皇华亭的庇护下，看日出日落，也看运

河水静静远去。站在那里，时间开始倒退。很多人曾经临水驻足：杨守玉陪着母亲苦等外出经商的父亲杨紫衡归来，苏东坡因病侵袭无力北上与家人团聚，贾宝玉拜别父亲贾政飘然而去……

《红楼梦》结尾处，贾政在金陵安葬贾母后，"行到毗陵驿地方"，乍寒下雪，停泊到一个清净去处，抬头见到宝玉，光头赤脚，似喜似悲。雪影中，披着大红斗篷的宝玉被一僧一道夹住飘然而去，贾政不顾天冷地滑急忙赶去，转过一个小坡，只见白茫茫一片旷野，并无一人。

这个极具中国式审美的场景，出现在隐喻意味浓厚的毗陵驿，足以打动每一颗心。

站在毗陵驿，看着运河水，想到始于大运河、终于大运河的《红楼梦》，想到刘海粟和杨守玉那"宝黛式"的爱情——"木石前盟"让位于"金玉良缘"。

不过，杨守玉和林黛玉早就不在同一个时空隧道里，新的时代新的文化，让心事虚化的她走出朱门红楼，也让蕙质兰心的她挣脱自我捆绑，最终成为具有独立精神的职业女性，绣出了一个美丽新世界。

"奇意密思，多有创造；以针为笔，以丝为丹青，使画与绣法融为一体，自成品格。夺苏绣湘绣之先声，登刺绣艺术之高峰。见者莫不誉为'神针'。"20世纪50年代，刘海粟曾在给郭沫若的信中盛赞刺绣大师杨守玉。

刘海粟九十岁时留下墨宝:"乱针绣创新,杨守玉不朽。"

楼下,博物馆里偶有参观者进出。轻轻的脚步声、说话声,不能打断孙燕云对母亲一生的回忆。

我的妈妈叫陈亚先,1928年在无锡出生。她的父亲早逝,为了生存,她八岁就去丝厂当童工。家住常州的姑母不忍心,就把她带到身边抚养,又送她到局前街小学读书。这所小学很有名气,前身是创建于明代的龙城书院。清代诗人洪亮吉曾就读于此。洪亮吉的孙女就是刘海粟的母亲、杨守玉的舅母。这所小学的校训是"勤勇朴诚",妈妈的一生大概也是可以用这四个字来总结的。

妈妈从小就喜欢画画,总想当一个画家。新中国成立后,她如愿考进常州缝纫绣花班。绣花班并入常州绣品厂后,妈妈成为花样设计师,她设计的刺绣枕套获得过江苏省一等奖。1960年,常州成立工艺美术研究所,聘请妈妈担任刺绣研究室主任。1963年,她又进修了静物素描、人物素描和色粉画等专业课程。

我妈妈是怎么知道乱针绣的呢？那一年，在常州人民公园，常州市工业局举办了一场新产品展览会。妈妈去了，无意中看到一幅画，一开始以为是油画，再一看，上面有针绣的痕迹，才知道那是乱针绣。

那是我妈妈第一次听说乱针绣。妈妈托人去找杨守玉老师，想拜师学艺。杨老师说自己年龄大了，身体不好，不同意。领导去说不行，亲戚去说也不行，我妈妈就自己上门去。三次登门拜访都被拒绝了。没办法，我妈妈就"曲线拜师"，经常去杨守玉家里做家务、打扫卫生，做好饭装在饭盒里带过去。杨老师终于被打动了，让我妈妈回家自学素描，后来又让我妈妈试着绣一幅。我妈妈找了个人物肖像来绣，杨老师一看，不断摸着我妈妈的头，说："你这个女孩怎么这么聪明呢？"因此，我妈妈也就成了杨老师的关门弟子。

妈妈在公园看到的那幅乱针绣作品，就是杨守玉的《朱总司令在军舰上》。《常州日报》记者殷朝晖后来采访了妈妈，记录了她当时受到的震撼："远远地看到这幅作品，朱总司令挺拔屹立在军舰的甲板上，手持望远镜凝视远方，具有强烈的立体感和鲜明的层次感，我当时还说：'这幅油画真好看。'走近一看，原来是五光十色、纵横交错的丝线勾勒而成的绣像。再远看，杂而乱的线条不见了，人物的鬓丝、皱纹却又真切地凸现……看到这么有艺术感的绣品，我立刻动起了向杨守玉拜师的念头。"

如果当年我妈妈没有拼命要去学，也许常州就没有乱针绣这项技艺了。

我妈妈二十八岁就担任了常州绣品手帕厂副厂长。1958年开始跟杨老师学乱针绣时，她已经三十岁。太忙了，天天加班、开会，白天赶作品、办展览、创品牌、创外汇，晚上开会学习，根本顾不上照顾我，只好把我送到乡下。妈妈要不停地在技术副厂长、大师学徒、家庭主妇之间转换身份。她买不起自行车，无论上班还是去杨守玉家，都是徒步往返，12点之前她从不休息，总是在绣绷前穿针引线。

如果说杨守玉的作品曾经是全世界反法西斯战争中的一把武器，那么陈亚先的作品则成为改革开放时期中国工艺美术界的一柄利器。

1987 年，陈亚先的《美国总统里根》《阿拉伯政治家》，被作为国礼赠送给国外元首。《幸福老人》《憧憬》等作品，被中国珍宝馆和中国丝绸博物馆收藏。

在《杨守玉评传》一书中，陈亚先得到很高的评价："陈亚先一生最重要的贡献，是在家乡常州，传承恩师杨守玉的乱针绣事业。作为关门弟子，陈亚先深知杨守玉老师发明和创作乱针绣的不易，她和她的弟子们，成了杨守玉乱针绣艺术最纯粹，也是最坚定的支持者和传播者。"

乱针绣得以在常州落地生根，陈亚先个人也多次荣获中国工艺美术最高奖项，如全国工艺美术百花奖金杯奖、中国（国家级）工艺美术大师精品展金奖，被授予"中国工艺美术大师"称号和"中国工艺美术终身成就奖"，1994 年被国务院表彰为"有突出贡献的专家"，并享受国务院政府特殊津贴。

杨守玉曾用乱针绣绣出恩师吕凤子像，陈亚先也用乱针绣绣出了恩师杨守玉像。杨守玉晚年曾说："想不到，我的关门弟子竟是一位高徒啊。"

杨守玉的国宝级遗作《朱总司令在军舰上》，"文革"期间被子弹打穿了两个洞，丢到垃圾堆里。陈亚先把绣品找回家，一针一针地修补好。"文革"结束后，陈亚先把这件国宝献给了国家。

陈亚先不善交际，始终过着深居简出的生活；她心静如水，从不在人前提起自己的荣耀和艰辛。对她来说，把乱针绣传承下去是她最大的快乐。

2009 年 8 月 11 日，陈亚先与世长辞。弥留之际，她仍然牵挂着乱针绣博物馆的筹建，并将所有作品的版权都归了常州工艺美术研究所。

母亲去世后，孙燕云很长时间都走不出来，眼前脑海里总是穿着蓝底碎花衣服的母亲。美好的时光，最好用慢动作来绘制，她多希望被时光偷走的岁月能够再度回来，她好再次陪伴在母亲身边。

2010 年，常州乱针绣博物馆开馆，孙燕云做了个梦。

梦中，母亲笑了。

孙燕云是陈亚先的小女儿，也是她的小徒弟。

陈亚先对女儿的要求非常高，严谨，苛刻，经常当着众姐妹的面，让女儿一遍遍地修整作品中的小毛病。孙燕云记得，她的一幅作品曾被母亲挑出几十处毛病，没办法，耐心修整吧，到了下半夜，眼睛涨到乱挤巴，胳膊酸得抬不起来，自觉不错了，可母亲还是挑出用色上的问题，逼着孙燕云拆了重来。孙燕云崩溃了，忍不住冲着母亲叫嚷起来，恨不得把绣架扔出去。

"在我印象中，母亲从来没有表扬过我。现在想来，没有母亲的严厉，就没有我今天的成就。"孙燕云常常后悔当初向母亲大吼大叫。

孙燕云继承了母亲的敬业精神。1984 年，陈亚先绣制《伊文思像》，四天四夜没回家，孙燕云就陪在母亲身边，帮着穿针引线。三十多年前的这一幕，让孙燕云感慨，自己从母亲那里学到的不仅是技法，更多的是对艺术一丝不苟的精神。孙燕云自己在绣制《戴安娜像》时，也是拆了绣，绣了拆，不知重复了多少遍。每当她觉得疲惫不堪、想放弃的时候，母亲专注的样子就浮现在眼前。她不能辜负母亲的期望，赶紧拿起了针线。

"我家有两个'国大师'，我是 2022 年第八届的，我妈妈是 1993 年第三届的。在全国刺绣界，一门两个'国大师'的，只有我家。"孙燕云的叙述非常平静。

沿着运河自西向东走，我在南市河的"书式生活"书店寄存好行李箱，顺便买了一本《常州历史文化名城建设与非遗保护》。

常州是一座有着三千二百多年历史的文化名城，常住人口不足五百万，却拥有世界级非遗项目一个、国家级非遗项目十四个、省级非遗项目五十三个。这本书中，也列举了孙燕云的艺术成就：

2001年《玛丽莲·梦露》荣获第三届"中国工艺美术精品博览会"金奖；在中法文化年巴黎"锦绣江苏——中国工艺美术精品展"上，她的《红衣男孩》特别抢眼，引起法国艺术家的浓厚兴趣，纷纷围着孙燕云合影留念。

2006年10月，她的乱针绣《乔丹》荣获第七届工艺美术大师作品暨工艺美术精品博览会"百花杯"工艺美术精品奖金奖。同年，色彩绚烂的《赵氏孤儿》在上海国际顶级私人物品展上引起轰动。

2008年，陈亚先、孙燕云母女共同创作《雅克·罗格像》，作为第二十九届夏季奥运会特定礼品，赠送给国际奥委会主席雅克·罗格。孙燕云作为刺绣界的艺术家，受到奥组委邀请，观摩奥运会开幕式。

2014年3月，孙燕云应邀参加中国经贸代表团，出席了在巴黎举行的中法建交五十周年纪念大会，现场聆听了习近平主席和法国总统奥朗德的演讲，将乱针绣作品《习近平与奥朗德》作为国礼赠送给法国总统。

2016年10月，孙燕云携乱针绣作品《飞天》，参加香港善学慈善基金慈善晚宴，作品拍出二十八万元港币的高价，孙燕云当即将钱全部捐出，用于救治弱视患儿。

2017 年 4 月，孙燕云受邀参加文化部"一带一路"中华文化走进全球艺术巡展第七站——加拿大"风生水起"展，她创作的乱针绣作品《特鲁多》，作为国礼赠送给加拿大总理特鲁多本人，被永久收藏。

2020 年 11 月，抗疫题材乱针绣作品《战地蓝花》，荣获"中国工艺美术精品博览会"金奖。

……

她的成就岂止这些！

在她的努力下，乱针绣于 2007 年入选江苏省第一批非物质文化遗产代表性名录，2021 年入选第五批国家级非物质文化遗产代表性项目名录。

"如今，我正在准备参加国家级非遗传承人的答辩，一个项目只能有一个国家级非遗传承人。我准备材料花了很长时间。评奖、参展、绣品、评职称，没日没夜，不停地转。我先生看我太忙，就提前退休来帮我。平时到外地参展，担心展品受损，都是我先生开车送去，那次他发高烧，坚持十几个小时，一直开到北京。

"上课、培训，事情永远做不完。不要在意别人的干扰，该怎么做就怎么做，为常州做一些事情。不做事情的不知道其中的甘苦，一直做下去就好。"

文亨桥下，美树咖啡馆。

室内，芭蕉绿得可以入画。窗外，运河水无声流动。逆着时间的水流，想象六十多岁的孙燕云不到二十岁的模样。

1979年，孙燕云考入常州工艺美术研究所，那个拿着小绣绷的小姑娘正式入行了。

作为母亲和老师，陈亚先深知，从事乱针绣必须有坚实的绘画基础，便让孙燕云到丹阳吕去疾那里进一步深造。

在丹阳，孙燕云师从吕去疾教授学习中西绘画和绣艺。20世纪80年代初，各方面条件都还很简陋。当时学习、吃住都在公园的门房里，地方很小，是四面透风的简易棚屋，一张砖头搭起的床是全部家当。孙燕云什么都不在乎，一步一步地学习素描、色彩、图案，国画、油画、刺绣。

在丹阳吕凤子画院进修结业的合影中，我看到了孙燕云。她蹲在第一排的中间，披肩长发，面庞清秀。我还在照片上看到了吕去疾和他的儿子吕存。

吕去疾，是吕凤子的儿子。

1931年，二十二岁的吕去疾毕业于上海美专油画专业，1939年秋天来到正则学校，负责筹办正则艺术专科学校。1947年，杨守玉因病离职回家休养后，吕去疾接任正则艺专绘绣专修科主任。1949年任正则艺专校长，1952年，任江苏省艺术师范校长。

吕去疾自小在正则学校长大，见证了杨守玉发明乱针绣的过程。20 世纪 80 年代，他在《丹阳正则绣的创始与发展》一文中写道："这种由杨守玉先生首创的刺绣技法，应该同沈绣一样，命名为杨绣，用以表示杨守玉先生对刺绣艺术的贡献。"

吕去疾学习乱针绣，真可谓得天独厚——既可以向老师杨守玉请教，也可以请妻子陈显真答疑解惑。

陈显真是杨守玉的得意弟子，学成后担任杨守玉的助教、正则学校绘绣科教师。

吕去疾是刺绣队伍中罕见的男性高手，他的儿子也是。吕去疾注重乱针绣教学，不断总结技法和理论，形成了完备的教学方案，为规范化教学奠定了坚实的基础，也培养了一批乱针绣弟子，包括他的儿子吕存、女儿吕缘。

也许有人看到过 1983 年 4 月 26 日《新华日报》上席玮雄和吴友松撰写的一条消息，题为《乱针绣濒临失传 吕去疾大声疾呼》：

在江苏饭店的玻璃橱窗里，一向张贴着的报纸，二十三日晚饭前，忽然换了九帧"针画"，有栩栩如生的黄猫，形态逼真的母鸡、雏鸡，还有风景优美的山水。玻璃框上贴着"本届省政协委员吕去疾先生的作品"的字样。来往的政协委员有的啧啧赞赏，有的感叹这种艺术濒临失传。我们在夜晚访问了七十五岁的吕老，他告诉我们这叫"正则绣"，又名乱针绣，是刺绣艺术的一个绣种。乱针绣擅长表现人物肖像、毛类动物，具有鲜明的立体感，已有五十多年历史。它是由吕去疾先生已故的父亲吕凤子的学生，原丹阳县正则学校副教授杨守玉女士首创的，吕去疾先生也长于此道，他来参加政协会之前，特地从丹阳带来几帧艺术精品，二十三日在橱窗展出，一是要让大家知道祖国有这种新的艺术品种，希望引起社会的重视、舆论的支持；二是物色几个称心的徒弟，使这门濒临失传的技艺后继有人。

正如吕去疾大声疾呼的那样，乱针绣濒临失传。

常州工艺美术研究所是事业单位，有编制，那批学员，经由学校老师推荐，是层层选拔进来的。后来研究所几番改制，经济效益不高，谁也不愿意苦守苦熬，大家各奔东西。

迷茫，困惑。孙燕云看到了自己的母亲，那个在杨守玉先生家门口徘徊不回的母亲，那个埋首乱针绣艺术忽略世俗生活的母亲。突然之间，孙燕云理解了自己的母亲。她知道，母亲的人格高度和乱针绣的艺术宽度，都需要她来支撑、拓展，哪怕母亲已经魂归天国，哪怕她注定了会孤独寂寞。

"其他人不愿意，那就用我的一生来守护乱针绣。我不传承，谁来传承？将近半个世纪过去了，当年刺绣车间的二三十个人，到现在还没有放下绣针的，只有我一个。"孙燕云觉得自己就像一只落单的燕子，从云端掉了下来。

告别了研究所，她的工作室难以维系，不能创造收益，再多的雄心壮志都是空谈。要克服的困难实在太多太多，孙燕云并不多说，只是咬牙坚持。

这种孤独感给了孙燕云很大的压力，也给了孙燕云很好的契机，那就是专注的学习、冷静的沉淀。孙燕云知道，只有她的作品做好做美，乱针绣的名气才能再次响亮起来，为世人所知，直至为世人推崇。

刘海粟、杨守玉、吕凤子，陈亚先、吕去疾、陈显真，孙燕云、狄静、吕存、吕缘……你看，他们是亲，是友，是师，是徒，是父，是子，是母，是女。貌似错综复杂的关系，恰似一幅精美绝伦的乱针绣作品，呈现了这一独特技艺的传承图谱——这是一幅流芳千古的乱针绣作品，充溢其间的，有对自由、对生命的不绝追问，也有对艺术、对创造的有力叩问。

　　和人一样，某种技艺的命运，有时候并不取决于它自身，而在于它所处的环境。

　　从杨守玉到陈亚先，再到孙燕云，乱针绣作为一项技艺，发展日臻成熟，但是在商业化、市场化、生活化方面并没取得什么重大突破——养在深闺人未识！

　　今天，传统手工艺的推广搭上了互联网的快车，事情正在起变化。当然，也并不纯粹是因为技术，还有传统文化的回归和人们对传统文化的认可，传统技艺的美学价值、市场价值、品牌价值被重新评估。有眼光、有头脑的经营者们，努力将小众的技艺和小众化的消费需求结合起来，打开了传统技艺商业化、市场化的一扇门。

　　孙燕云说她有两件值得骄傲的事情：一是继承了老一辈人对乱针绣文化的执着，没有让乱针绣的传承在她手里中断，另一个是她为乱针绣培养了第四代传承人——女儿吴澄。

　　在博物馆一楼的橱柜里，我看到了吴澄的江苏省乡土人才"三带"名人证书。

　　"苏州的乱针绣传承人都羡慕我生了一个女儿，乱针绣后继有人。"孙燕云开心起来，"工作室的事，女儿管运作，我做艺术总监。她现在是常州市级大师、市级传承人，副高职称，还是常州市钟楼区政协委员、常州青联常委。她的头衔，还会不断增加。"

说话间，进来了一个身材高挑、穿着时尚的年轻女子。她就是孙燕云的女儿吴澄。

孙燕云细长的眼睛蓄满了智慧和平静。吴澄的眼睛不像妈妈，而是圆圆的，激荡着活力和希望。

吴澄出生于 1985 年 4 月，但给我的感觉就是个小姑娘。

尽管从小就沉浸在母亲与外婆的艺术氛围之中，但起初，"海归"吴澄并不愿意接过母亲的衣钵："关键是没意思，要花费大量的时间，一坐就要坐很久。对于年轻人来说，不是特别酷炫的一件事情。"

后来有一天，吴澄在普陀山玩着玩着，突然想开了，马上给妈妈打电话，说自己愿意传承乱针绣技艺，妈妈高兴极了。

回来归回来，"吵架"还是不可避免。

孙燕云坦率地说："我们经常吵的。"眼睛看向女儿，满是爱意。

"妈妈传统、保守，只想着做她的工艺品。"女儿解释道，"最开始的时候，我妈妈不愿意转变工作室原有的经营模式。我们俩每天都要吵架，她觉得我目的性太强，我觉得她太有情怀了。"

对于工作室发展模式的争论，母女俩至少花费了三四年时间。吵来吵去，母女俩最终达成共识，让乱针绣从镜框中走出来，接上地气，让大众接受。

具体该怎样运作？女儿思路清晰："2014年，工作室开始公司化运营，请了财务助理和设计师，就如何规模化、如何与现代生产结合、如何适应市场等方面进行探讨。如果没有市场、社会不需要，乱针绣就失去了大家关注的价值，虽然它很珍贵。我们的宗旨就是，产品要适应社会。老外对手工类物品非常喜欢，我们的作品经常出国展览。"

"我总是把她当男孩子用，现在轻松了很多。"孙燕云长出一口气。

吴澄说："我要'颠覆'乱针绣艺术。"

她首先颠覆了自己的名字，申请注册了"承无"品牌——将自己名字的谐音颠倒过来。她还"颠覆"了作品的推广和应用，致力于建构支撑传统技艺活下去的商业空间。

这个加拿大昆特兰学院艺术设计专业的"海归"，现在是"孙燕云乱针绣艺术创作中心"的总经理，负责营运管理；2014 年建立了自己的工作室"Show House"，2016 年创立了拥有自主知识产权的乱针绣衍生品牌"承无"。

在国外，刺绣产品主要用在服装、日用品和室内壁画的装饰上。这给了她启示，她想来一次"文艺复兴"，让绣品从单纯的艺术品、高价值的收藏品，进入日常生活之中，走向消费市场。当然，这个"复兴"不是复古，而是把乱针绣的传承和实用品的创新相结合，将手工绣品和工业化的产品相结合。她开发出乱针绣元素的穿戴系列、实用品系列，是顺理成章的事。

风格简约的仕女图、自绣像、小蜜蜂……与母亲孙燕云的写实风格完全不同，吴澄的乱针绣风格更偏向印象派。"我们的标准不一样，但对待东西的态度是一样的，就是愿意把手上的东西分享给大家。"她不仅用自己的理念说服了母亲，也用自己的作品征服了母亲。摆件、屏风、书签等装饰，胸针、手帕、手包等配饰，围巾、裙子、大衣等服饰，都被吴澄的一双巧手加入了乱针绣元素。

借助自己的留学经历和专业优势，吴澄得以及时了解当代国际艺术的潮流风向，从而使乱针绣的设计能够符合时尚、引导时尚。

背包里装满世界的吴澄，凭借自己的外语优势，将乱针绣作品带出国门。

她要让全世界看到乱针绣。

2014年参加英国伯明翰国际家居生活及设计展览会，2015年赴芬兰和丹麦进行文化交流，2017年应邀参加在德国柏林中国文化中心开幕的"常州文化周"活动，现场表演乱针绣创作过程……由此，世界亲眼看到了百年常州乱针绣的风采，亲手触摸到了常州乱针绣的风骨，也看到了中国姑娘优雅的风姿。

谈及传承，吴澄说，以前不明白非遗为什么要传承，现在知道了，因为有了责任感，压力反而一年比一年大。

谈及未来，吴澄表示母亲只要保持初心、做自己喜欢的艺术品就好，而她始终要走市场的路子，关注的是产品创新、企业运作和品牌推广。

走向市场的过程中，吴澄觉得自己走近了母亲，更深刻地理解了母亲的初心。

在女儿眼中，母亲"围绕传承"，保持了常州乱针绣的本质，这个本质由两部分组成，一部分是技法，由杨守玉先生创立的、区别于传统平针绣方法的技法——采用长短交叉线条、分层加色手法表现画面；一部分是艺术，乱针绣在表现色彩丰富的摄影作品和油画方面的优势——具有超过任何绣种也不输于任何画种的绘画语言。

吴澄认为，外婆作为杨守玉的关门弟子，贡献了一些新技法，进一步丰富了乱针绣，而母亲作为外婆的亲授弟子，又在前人基础之上借鉴现当代绘画的抽象性、表现性、民族性，再度丰富了常州乱针绣的内容。

"生命之美，也不过是每个人都应该以符合其天性和职分的方式去行动。"在回忆录式作品《总结》的最后，毛姆引用了路易斯·德·莱昂修士的名言。

吴澄也许没读过这句话，却用自己的言行印证了"生命之美"，也用自己的针线绘制了"创造之美"。

出了会客室，就是绣房。孙燕云掀起立架上的"盖头"，绣绷上一幅五彩斑斓的"画"吸引了我。那是一个龙冠，龙的两旁满是美丽的仕女，或抱琵琶，或持花瓶，衣饰华美，体态飘逸。大朵大朵的牡丹，恣意绽放。小颗小颗的珍珠，累累垂坠。孙燕云说，这幅画是别人定制的，要用几个月才能绣好。

绣房外，模特脖子上搭着"莫兰迪灰"的羊绒围巾，一朵红扑扑的牡丹呼之欲出，手包是珍珠白的，一只毛茸茸的小鸟展翅欲飞。展厅里，我在铃兰面前驻足，白色的花朵缀满枝头，黄色的花蕊若隐若现，绿色的叶子铺陈在花朵后面，千朵万朵压枝低啊。你可以清晰地看到，这幅作品绣了三层。

下到一楼，走到朱德像前。孙燕云说，当年，她母亲陈亚先就是看到这幅作品，才和乱针绣结下了不解之缘。

孙燕云又指着黑白的《老人像》说，这一次，她就用这幅作品去申报国家级非物质文化遗产传承人。除了这幅黑白作品，她还用了彩色的和素描的作品。油画的明暗、枯湿，在这些作品里表现无遗，我立刻明白了什么是乱针绣的立体效果。

临出展厅，蓦然回首，我看到了一张海报，那是吴澄2016年设计的"'百年芳菲'祖孙三代乱针绣艺术精品展"。

画面上，妈妈坐着，浅笑怡然，左手放在绷架上。外婆站在妈妈后面，也笑着，像一朵淡雅的菊花。吴澄站在外婆后面，一手揽着清瘦的外婆，一手搭在妈妈肩膀上，圆脸短发，目光向前，同样笑着。

是的，她们都笑着。

徜徉在常州城内，感受这座城市里的浩然之气。

脚下的这片土地，至今深深地存留着瞿秋白、张太雷、恽代英等革命者的足迹，存留着华罗庚、周有光、吴阶平等科学家的足迹，也存留着刘海粟、谢稚柳、周璇等文化名人的足迹。

走进青果巷历史文化街区，唐氏老宅贞和堂、周有光图书馆、瞿秋白纪念馆分布在青石板路的两旁。汗水湿透了衣裙，我都没有停步，突然，我就被明代抗倭官员唐顺之吸引住了。

明正德二年十月五日（1507 年 11 月 9 日），唐顺之出生在常州青果巷的官宦之家，他个性强，骨头硬，不媚俗。嘉靖八年（1529 年），唐顺之在会试中荣登第一。内阁大学士杨一清非常赏识他，打算录他为殿试第一。可唐顺之就是不买账，断然拒绝。杨一清恼了，先把唐顺之放在一甲第三名，后又把他移到二甲第一名。嘉靖帝亲自批阅唐顺之的试卷，御批"条论精详殆尽"，唐顺之成为第一个试卷上有御批的二甲考生。

步入仕途后，唐顺之不改禀性，他正直不阿，廉洁自持，引贤荐德，很快官场就容不下他了，得到"永不叙用"的结局。离开官场后，唐顺之隐居山林潜心读书。后来，朝廷起用他来抗倭。嘉靖三十九年（1560 年）三月，积劳成疾的唐顺之病情加重，他把麾下诸将召至帐中，告诫他们要守护社稷苍生，并没有一句话提及家事。四月初一下午，唐顺之乘舟巡至通州，感觉大限将至，便令军士取席铺好，端坐而逝。

一方水土，一种风气。唐顺之一生以天下为公，让我想到了乱针绣的创始人和传承人。

1912年，徐悲鸿进入神州美术院学习，校长正是吕凤子先生。吕先生爱才心切，不仅免除了徐悲鸿的学费，还对他进行了悉心指导。徐悲鸿赴法留学八年后，于1927年回国，吕凤子又以自己在教育界、美术界的声望，推荐他出任国立中央大学艺术系西画组教授。

抗日战争爆发后，正则学校迁往重庆。在重庆，杨守玉和她的学生们制作了很多绣品进行义卖，用来支援抗日、建设学校。因此，杨守玉那个时期的大部分作品都流落在四川民间，只有一幅收藏于常州博物馆。国难时期，学校经费困难，她第一年不拿工资，第二年开始只拿一半工资。

从1938年到1944年，六年时间里，杨守玉在正则学校授课，兼任重庆艺专副教授，还举办美术展览会筹措办学经费。在这样的清贫和忙碌中，她创作了三百多幅作品，平均每星期一幅，工作量巨大。1947年，积劳成疾的杨守玉回到家乡休养，那时她的右臂已经不能抬举。

和她的老师吕凤子绝私欲、重美育一样，杨守玉一生创作乱针绣，自己所留甚少，大多捐赠给国家或拍卖助学。

坚持站着制绣的杨守玉，其人格也一直是站着的。学生从老师那里，接受的不仅仅是技艺，更多的是精神。

2010年，孙燕云克服重重困难，自筹资金创办了省级民间博物馆"常州市乱针绣博物馆",免费对外开放,每年接待中外友人两万多。博物馆每年可以得到七万元资助,而租金、物业管理费就要十六万。正常上班的有八九个人,老中青都有,年轻的二三十岁,年纪大的六七十岁。

博物馆就在常州梳篦厂旧址,上下两层,占地六百多平方米,比较完整地反映了常州地区乱针绣的历史文化和制作工艺特点。乱针绣博物馆、白氏留青竹刻博物馆、常州梳篦博物馆相连,形成一条展示、生产"常州三宝"的传统手工艺文化街区。这三家博物馆都坐落在勤业路17号,勤业桥下。

展品不能总是挂在馆内,必须走出展馆,让更多人知道、看到。意识到这一点后,孙燕云开始带着乱针绣精品到北京、福州、杭州,到沈阳、长沙、深圳,巡回展览。

经历了多年波折,孙燕云得出结论,有一些非遗技艺只有家传才能传得下、留得住。很多学生今后是留不住的,因为她们要挣钱,要养家糊口。

家传,是责任——对家庭、对社会的责任。

在乱针绣博物馆门口,挥手告别孙燕云母女俩,这才发现杨守玉铜像和她的照片一模一样,和人们描述的一模一样——端庄,清瘦,坚毅,美丽。

一百年前，乱针绣的始创者们从西洋画的技法上受到启示，创造出令人耳目一新的乱针绣。

一百年后，乱针绣的传承者们，从传统出发，根据西方人喜好，将乱针绣又带进了西方人的生活当中。

由西而来，化为神奇。向西而去，惊艳世界。

一百年，四代人，被浓缩进这个夏日。

到常州，我不是第一次，也不是第二次。那么多次在常州停留，有时候甚至一待一个星期，不知道为什么，对这个城市的了解始终是浮光掠影。这一次南下，我与"国大师"孙燕云和她的女儿吴澄有了一番长谈，对乱针绣有了一个全面的了解。但我也隐约地觉得，我在这个夏天、在常州这个城市的收获，远远不止这些。

再次踏上回徐州的高铁。列车在夜色中飞驰，我知道，有一条平行线与我相伴，那就是不舍昼夜、川流北上的京杭大运河。

宿于山野

我正在心里默念着『凛然不知秋』，迎面看到四个黄色大字『众山点头』超然于鲜红的牌匾上，赵朴初题。惊艳至极。

为什么活在同一个世界，人和人就是不一样？为什么草木生长在宝华山里，却没有一片叶子是相同的？

灰尘很大，颠簸不断，机器来回碾轧，有工人在用力挥锹。一段路，正在努力成为一段新路——更加宽阔，平整，延至更远的远方。驶过这段路后，车子一拐，宝华山国家森林公园的门楼便出现在眼前。

景区里，乔木、灌木和野草漫不经心地长满山野，散发出沉静而迷人的香气。清新的空气让人为之一振，心情陡然放松。

三十六季客栈，就在宝华山脚下，挨着玉蝶湖。客栈的管家小包到停车场迎接我，客栈主理人方艾在前台等着我。老板邢葆青在南京开会，说要晚一点才能回来。

一株秋海棠，在深秋里盛开，沉默寡言，背景是山里人家的一面白墙。虽已深秋，宝华山依然满目苍翠，几点金黄、绛红像是点睛之笔。拉开窗纱，透过窗棂，山似乎可以延伸至客栈的房间里。鸟叫和虫鸣就在耳畔，让你感受到山的寂静。

如果我们能够以上帝的视角观察，就会发现，宝华山下的玉蝶湖，真的像一只蝴蝶，偶然飘落在这山的脚下，停留在三十六季客栈门前。水色青碧，晚霞散落于不大的水面之上，使水面绚烂如蝴蝶之双翅，五彩斑斓。青山，绿水，蓝天，白云，红男，绿女，都倒映在湖水中，似乎被蝴蝶的翅膀包裹起来，宁静，丰饶。

玉蝶湖不大，但包容了很多，涵养了很多。就像三十六季，也不大，只有九间房，也包容了很多，涵养了很多。

"做了省旅游协会一家分会的会长，活动多了起来。"暮色四合时，邢葆青匆匆赶回来，边握手边笑着表达歉意。

"什么分会？"我问。

"民宿客栈与精品酒店分会。"老邢答。

月华无声，我们一见如故。

我们不再叫他"邢老板"，改口喊"老邢"。

宝华山，群峰连绵环绕如盛开的莲花，花蕊之处就是佛教律宗第一名山——隆昌古寺。传说济公曾在此传经。

乾隆皇帝六下江南，六登宝华，六进隆昌寺。

隆昌寺外，银杏正黄。两棵银杏树，在四百多年的光阴里相依相偎，不离不弃。

山门朝北而开，据说是方便乾隆皇帝从北边的山道上过来。菩萨朝南而立，面对山门。山门极窄，只能容二人并排而入。

寺里正在举行庄严的受戒仪式。数十名僧人，一律着绛色僧衣，列队在院子里，齐声诵经，时而低沉，时而高亢，缥缈若仙声，恍然如隔世——一时竟忘了世俗的烦恼和忧愁、俗世的快乐和成功。

心无所系，随诵经之声而飞扬。

这座已有一千五百余岁高龄的寺院，始建于 502 年，至今仍保留有明代的一座铜殿和两座无梁殿。铜殿又称"金殿"，是明神宗为母亲慈圣皇太后斥巨资而建，用铜之多为古代建筑所罕见。无梁殿有两座，左为文殊殿，右为普贤殿。普贤殿锁着门，窗户半开。文殊殿开着门，窗户关得很严。

铜殿由一位身材矮小的和尚看守。两位女客和他的对话，不经意间飘过我的耳旁。

"师父在这里有多长时间了？"

"如果我在这里还想着计日算年，那就没意思了。"

真是一位山中隐士应该有的回答。

这让我想起北宋高僧辩才的故事。苏轼在他的《次辩才韵诗帖》里记录了这个故事：

辩才老师，退居龙井，不复出入。轼往见之，常出至风篁岭。左右惊曰："远公复过虎溪矣。"辩才笑曰："杜子美不云乎：'与子成二老，来往亦风流。'"因作亭岭上，名曰"过溪"，亦曰"二老"。谨次辩才韵赋诗一首。眉山苏轼上。

眉山苏轼不仅写了序，还写了诗：

日月转双毂，古今同一丘。惟此鹤骨老，凛然不知秋。去住两无碍，天人争挽留。去如龙出山，雷雨卷潭湫。来如珠还浦，鱼鳖争骈头。此生暂寄寓，常恐名实浮。我比陶令愧，师为远公优。送我还过溪，溪水当逆流。聊使此山人，永记二者游。大千在掌握，宁有离别忧。

读这样的诗，听这样的故事，多么美好！不必慨叹苏公已远，其实斯人就在身边。你读到了读懂了，你就拥有了苏公，苏公也由此永恒。

进入山中古寺，也不必焦虑时间的流逝。你看，就连青砖墙上的藤蔓，都有岁月的留痕。我正在心里默念着"凛然不知秋"，迎面看到四个黄色大字"众山点头"超然于鲜红的牌匾上，赵朴初题。惊艳至极。

门外，历经风霜雨雪的菩萨铜像已经染绿，正对着绛紫色的山门。金黄的银杏叶里隐遁了绿意，随风飞舞在菩萨塑像和青砖高墙之间。"律宗第一山"几个字是金色的，呼应着头顶的银杏叶子，也与几步之遥的"众山点头"气质一致。

游客可以从山脚的三十六季客栈乘车抵达隆昌寺。几分钟的车程，浓缩了一千余年。

当然，也可以步行，沿着当年乾隆走过的线路，如今叫乾隆御道。年轻人体力好，多走古道。一路溪水潺潺，树木参天，野花遍地，适合怀古和幽思。小包说，她曾在一个雨天从山脚往上走，沿着乾隆御道，走到隆昌寺，用了四十分钟。路上的寂寞，对于二十一岁的她是个挑战。

"邢总说年轻人要耐得住寂寞。"小包告诉我。

她是当地人，从旅游学校毕业后先到一家日料店打工，很快便发现在那里学不到太多东西，在学校里学到的东西也用不上，便跳槽来到三十六季。

"在这里，学到了很多知识，学到的也都用上了。"小包高兴起来，眉飞色舞地描述当时应聘的情形，"邢总面试，谈了两个小时，当场就拍板录用。"

来到三十六季，小包做管家，见了很多客人，也带这些人游览古村和寺庙。

以三十六季为原点，往下走是千华古村，往上去是隆昌寺。在她眼里，古村和寺庙都是客栈的"延伸"，让客栈有了人文和历史、内涵和外延。那些客人也带来了外面的世界，让年纪轻轻的她见识了诸多不一样的人生。

夏季，宝华山举办"泡山节"。客人们来到三十六季，一住就是好几天，什么都不想，什么也不做，把自己和家人交给静默的大山，交给清新的空气，也交给管家小包。

"我喜欢客人多的时候，也不觉得累。客人少的时候，夜里一个人坐在前台，听着猫叫、虫鸣，会有寂寞的感觉，但我不会让自己沉浸在情绪里太久。我喜欢忙活，要做的事也很多，我不仅是三十六季的管家，还是分会的秘书长。照顾客人，写写文案，就填满了每天的时间。"小包强调，"同学们都没有我这样的经历。"

或许，三十六季客栈也是小包生命旅程的"伸展"吧。那是时间和空间的拓展，也是阅历和智慧的增长。

五十岁那年，老邢从南京来到宝华山，不知道被什么东西打动了。此后一而再，再而三地来，终于有一天，心中的

宿于山野

念想清晰起来——到宝华山开个客栈，为那些喜欢四海为家的人造一个理想的"家"。

宝华山静卧于长江之南，与南京的钟山、栖霞山绵延相连，是宁镇山脉的第二高峰，素有"林麓美，峰峦秀，洞壑深，烟霞胜"之美誉。得益于地方政府的规划和投入，宝华山成为旅游度假、休闲运动的圣地，南京人特别喜欢过来。在停车场，我确实看到了很多"苏A"牌照的车子。

被问到为何要在这里开客栈，老邢的理性分析是："这里正好处在南京都市圈一小时车程内，地理优势不用说了，而且宝华山是国家森林公园，树木葱茏，花香四溢，森林覆盖率在百分之九十二以上，是一所天然氧吧。另外，宝华山地处长江三角洲，长江横贯东西，国道省道、地铁高铁四通八达，宝华山上则有两条公路通向南北大门，客栈就在宝华山下的千华古村村口，小巴士直通山顶，交通便捷。"

提到文化优势，老邢说："这里的文化优势更明显，镇江是人文荟萃之地，宝华山又有律宗第一名山、律宗第一道场之称。更为重要的，句容曾是革命根据地，英雄事迹比文化故事和民间传说都多。"这些优势，这些美好，都成为三十六季的背景，有宁静致远，有深厚高远，抑或云雾缥缈，清静绝尘。

而冥冥之中那个说不清的原因，或许是老邢小时候的一次旅行。

"父亲骑着自行车,我坐在自行车的大梁上。走了多久忘记了,看过什么也忘记了,只记得骑进一座山,带出了一种我从未经历过的'故事',也就是人们常说的'从前有座山,山上有座庙,庙里有个老和尚'。这件事也就过去了。后来,几十岁了,我来到宝华山,一种似曾相识的感觉突然袭来,我这才知道,原来父亲带我骑行的那座山就是宝华山,山上真有庙,庙里真有老和尚。美好的重逢中,我发现还有第二个缘分。这座山叫宝华山,恰好是父母亲名字的结合。

"到宝华山开客栈,父亲刚开始不同意。后来客栈开成了,父亲却为我写了一首诗,题目就叫《花》:华山是花,花山是花,大华是花,宝华是花,山水是花,寺庙是花,街景是花,人面是花,千里赏花,怒放心花。"这些朴实有"花"的句子,是邢大华对儿子的认可。老邢说起这些往事,笑得合不拢嘴。

客栈为什么要叫"三十六季"?

三十六计,走为上计。当现代都市人面对无法克服的职场焦虑、生活压力时,"走"确为上计。老邢以谐音为客栈取名"三十六季",既有劝人多往外"走"的意图,也有来自宝华山的灵感——山有三十六峰,状似莲花瓣,隆昌寺居莲心处，上山有三十六道弯。

老邢说："三十六季还代表一年的十二个月和二十四个节气。领略宝华山的峻美和丰盈，体验隆昌寺的历史和现在，感受客栈的别致和自在，十二个月不够，二十四个节气不够，一年四季也不够，唯有三十六季。"

因为三十六季，老邢虔诚地把自己的身心托付给了苍茫而灵动的群山。

老邢的父母相识于大学时代。父亲是苏州人，兄妹八个；母亲是南京人，以文艺兵身份参加过抗美援朝。父亲是特级语文教师，母亲是高级语文教师。

在老邢的童年记忆里，父亲经常坐在煤油灯下写啊写的。写累了，就吹口琴、拉二胡，这时，母亲就会伴着音乐唱起来。其实，那时候日子很苦。父母在下放期间结婚，只有一个脸盆是新的。后来，老邢父母回到南京，依然当老师。

父亲讲起话来抑扬顿挫，写得一手好字，读书也是过目不忘，经常在灯下写文章。吹拉弹唱，母亲只占了个"唱"，父亲占了"吹拉弹"三样，口琴、二胡、吉他……

父亲走后，给他留下厚厚的两卷文集。老邢对写作的认知来自父亲——是对生命的尊重，是人的第二生命。这句话，一下子拉近了我们的距离。

"父亲一辈子当领导，做老师，非常俭朴，不肯摔（扔）东西，这也不摔，那也不摔。这让我认识到，你认为重要的，别人不一定认为重要。年轻时我曾买过很多玉，以为能够传给下一代，但后来发现自己错了，孩子根本不需要这些东西，或者干脆拿出去变卖。人在五十岁之后，不要眷恋太多东西，都是身外之物。简单一点，越简单越好，就像出门旅游，有时带了一车行李，可最后发现当初怎么带去的又怎么带回，根本就没打开过。"

老邢说他小时候成绩并不好，不过美术老师对他好，让他当了课代表。从此，他爱上了美术。机会来了，他可以在南京艺术学院或南京师范大学两所高校中选择一所去深造。一走进南京师范大学校园，就看到有人在草地上打乒乓球。那场景一下子触动了他，毫不犹豫便选择了南京师范大学美术系。后来才知道，人家打的那不是乒乓球，是网球。

改革开放后，他辞职下海，认为这个选择适合自己，因为他太喜欢自由自在了。至今，他都记得那个场景：灯光昏暗，双亲对坐，劝他说，"你丢的是铁饭碗，你会后悔的"。父母并没能说服他，2000年左右，他下海经商，一开始是在朋友的广告公司里。那时对成功与否的定义，就取决于挣钱的多少。

宿于山野

老邢说那是他人生的第一个选择。

第二个选择，是相中了自己的妻子。那个场景，同样让他刻骨铭心。年轻的姑娘身着一袭白色连衣裙，脚蹬时髦塑料凉鞋，乌黑的头发扎成冲天辫，站在灰蒙蒙的公交站台上。上车后，老邢悄悄地替她买了车票。而她，始终以为是同行的人买的，直到多年后无意中聊起才知道真相。这个"她"，就是方艾。

第三个选择，是创业，自己开公司。开办了海地广告公司。在这之前，还有家广告公司。挣了钱的老邢，被朋友吹捧为"商业奇才"，就有些忘乎所以，天天吃饭、打牌、洗澡，积攒的钱只三年就全部败光了。穷困潦倒之际，只身一人来到苏州一个古镇，找了一户人家，交了一千元钱，吃住都在那儿。一个多月后，老邢想明白了，不能被困难打倒，不能止步，要一往无前，前面有风险，更有机遇。

老邢说了一句相当有哲理的话：人生就是不断选择的结果。当然，每一次的个人选择，都要与社会大环境相适应，与国家政策相适应，这样才能借助大势而实现自我的价值。

这些人生体会，不是在奋斗中得出来的，而是在旅途的轻松中得到的。老邢的旅途，始于1999年。

那一年，朋友新买了一辆越野车，想开车去西藏。老邢不愿意去，想着挣钱的事儿，最后架不住朋友左劝右说，还是一起出发了。在路上，他才意识到，"生活很精彩，风景在路上"。从此，老邢远离了酒场和牌场，只要有时间就会发动车子，奔向远方。

从 2000 年到 2016 年，老邢的车子开了五十万公里，先后五次进藏，他说，"西藏真的会让人上瘾。每一次进藏，都能遇到不一样的风景、不一样的经历、不一样的缘分"。

十几年来，老邢走遍了大江南北、长城内外。2007 年，他顺利抵达珠穆朗玛峰大本营。2014 年，登上喜马拉雅山。他还自驾穿越了美国西部。最近，他和方艾一起完成了第六次进藏，回来没多久就想着再次进藏。

在朋友们眼里，老邢是一个旷达、开通的人，对生活充满激情。

旷达，来自经历；激情，源于新生。自由不羁的老邢几次和死神擦肩而过。

第二次去西藏时，四个人开车，路上遇到了塌方，车子悬在半空中，下面就是万丈深渊。这次遇险给了老邢教训：凡事要有所准备，准备得越好越全，就越平安。机会是给有准备的人的，平安也是给有准备的人的。从 SUV 到房车，他的座驾在变，观念也在变，越来越重视在车上备齐救援设施。

2007 年，在和北京友人去珠峰的路上，六辆车有三辆陷入了泥石流，只得弃车保命。这次经历让老邢意识到，人在危急关头光有勇气不行，还要有经验和技能。

老邢第一次在沙漠里开车，就遇到了大麻烦。一开车，车子就陷进沙子里，陷得很深。后来向人求教，上坡下坡练了很多次，终于熟练了。可后来还是在一面斜坡上翻了车，把自己的舌头咬掉了一半，满脸是血。舌头补好了，意志也更加坚定了。

"我从阅人无数开始，然后是行万里路，读书放到这两者后面。"老邢从自己想到了年轻人，认为什么年龄做什么事，这样才能享受人生和快乐。上学就要认认真真，恋爱就要轰轰烈烈，工作就要兢兢业业。人生的历程，是有方向的，反过来或跳跃发展，反而不好。

午后的漫谈，温暖，随意。

老邢到房间休息，方艾在电脑前写东西。

方艾和我聊了起来："三年前，我们买了辆房车，花了近八十万。去年在新疆跑了一个月，今年从福建出发，走沿海，一直开到珠海。也沿着黄河边的公路，跑了一个月的时间。年轻时，追着钱跑；到了这个年龄，可以停下来了。两个人一起出去，其实就是穷浪漫。对，老邢喜欢在车上循环播放《穷浪漫》那首歌。

"老邢年轻时就喜欢旅游，我不太喜欢。我是随从型的。后来，跑遍全国各地，眼界打开了，心胸开阔了，不知不觉也就喜欢上了旅游。

"我第一次去北京，是跟着旅行团去的，感觉很没意思。后来，老邢想去北京，我不想去，老邢再三请求，一家三口就出发了。这一回，他安排的旅游线路与旅行团不一样，住的也不一样。记得那家酒店是中国十大特色酒店之一，就在故宫旁边，房间用的是历代皇帝的名字，饮料免费喝，自行车免费骑，费用是每天一千元。我们住了三四天，到过老舍茶馆，去过北京大剧院。说了不怕你笑话，大剧院的入口让我们找了好久，找来找去就是找不到，后来才发现要往下走，是被水围着的。我们还顺着北京中轴线，骑着自行车到处看，感受到了北京的繁华和厚重。

"老邢喜欢跑出去玩，喜欢当地的人文风情。不管去哪里，他都要先做好攻略，提前一个月就做。比如那次去新疆，第一次用 GPS，很快就没了信号，全靠老邢之前做好的攻略。不管走到哪里，我们都与当地老百姓打成一片。"

年轻时，老邢和方艾都是事业型的，为了各自的事业东奔西走。后来出去旅游，两个人在一起的时间才多了些。现在一起做客栈，两个人在一起的时间就更多了。

"两个人在一起有什么好呢？"方艾自问自答，"互相鼓励。比如他从体制内出来，他父亲反对，我是支持的。我工作失意、面对改变的时候，他会帮我调整心态。去年我的父母亲都去世了，我有很长一段时间走不出来，他就开车带我出去玩。老邢习惯了站在别人的角度考虑问题，因此总能体贴入微，给别人舒适感。我以前做教育培训，忙，现在都放下了，逛街、喝酒、拍照都少了起来。我们生活简单，旅游费用相对多些。"

老邢从房间走了出来。说到照相，老邢说得生动："去西藏，第一次拍照一万张，第二次五千张，第三次一千张，后来就一张都不拍了。年轻时趴着拍，中年时站着拍，现在不拍了。"

跑遍了五大佛教名山、几乎所有的中国古村、欧洲十四国，老邢对拍照逐渐失去了兴趣，他更愿意相信自己的眼睛，更喜欢捕捉内心的微妙感受。

坐下来，点上一支烟，泡上一杯茶，老邢说："一个真正的人，是在大自然中的。"

浪迹天涯，走一路看一路。浪迹天涯久了，就想给浪迹天涯的人提供一个歇脚的地方——一个既像家，又不是家的地方——既有家里的温馨随意，又有家外的新鲜新奇。

这个歇脚的地方，就是民宿，就是三十六季的休闲吧。

"休闲吧可以喝茶喝咖啡，也为客人做点私房菜。"老邢指着一处挂满红灯笼的平房说。

大河奋楫

161

宿于山野

休闲吧与客栈仅一墙之隔。木质桌子和桌子上方温暖的灯光悄然呼应，质朴的绿植与厚重的书本相"望"于江湖。它们松弛感十足。

让味觉活跃起来的，是厨娘做的菜，清爽，让人能够尝到菜肴本身的味道。我们开始大快朵颐，一边吃一边夸，根本停不下来，小包更是声称要进行"光盘行动"。

肴肉，石锅仔骨，鲢鱼头烧豆腐，清炒水芹，干锅大虾，青菜香菇，手工燕饺。开一瓶红酒，不时抿两口。这是第一天的晚餐，宾主尽欢。

方艾告诉我，以前也曾有一位专门的厨师，后来有事离开了，店长兼职做了厨娘。

一个五十岁开外的女人，洗菜，做饭，收拾，清理，从容，淡然，笑着，话不多。厨房里有个烟灰缸，满满的都是烟头。她走出工作台，我递一支烟给她，她接了，我给她点上火。没有多余的寒暄，似乎是经年的老友。

闲下来的时候，她就坐在太阳底下，抽着烟，心事似乎藏身于那一个个吐出的烟圈里，又好像随着那些烟雾消散于无形。

一只流浪猫带了它的三个孩子来，在初升的太阳下，安静地玩耍。她就坐在那儿，抽着烟看。旁边的椅子上，一只小狗被女主人的羽绒小袄包裹着，懒洋洋地晒着太阳，眼睛看向厨娘，和宝石一样神秘。

第二天的早餐，是大馄饨，味道鲜美。她说是她包的。遗憾的是没见到她包馄饨的情形，好在她煮馄饨的过程被我尽收眼底——抽出一只大碗，剜一小块猪油，倒入些许酱油，切一点香菜，再舀几勺煮馄饨的汤，化开猪油酱油，然后倒入馄饨。一套动作行云流水。

一碗大馄饨，一杯红枣豆浆，连同清新的空气，开启了热气腾腾的一天。

奇妙的是，我感受到了与世无争、与人为善。我也始终笑着，对人，对山，对自己。"连眼睛都是笑的。"友人对我说。

这种惊喜从没断过。

第二天的午餐，清蒸大白条，清炒水芹，青豆肉丝炒茶干，菠菜鸡蛋汤。第二天的晚餐，蒜香排骨，芹菜炖牛杂，依然有菠菜鸡蛋汤和清炒水芹，依然清爽诱人。第三天的早餐，厨娘端上来一只蒸笼，有烧卖、年糕、鲜玉米、小菜包、红薯，开水泡饭，再加一杯纯豆浆。

三十六季里装满了老邢的旅游经历：放在角落里的新疆弹拨乐器，叫"都塔尔"；那个藏着暗格的柜子，来自贵州大山；那只沧桑感十足的青花瓷盘，是在江西偶然得到的；还有云南来的银首饰、西藏来的油酥茶器以及天南海北的朋友送来的书。这些物品，得之偶然，如果有客人看中，象征性地付点钱就可以带走。老邢说，不想让心为物所累！

"去住两无碍，天人争挽留。"老邢的话，再次让我想到了苏轼的诗句。

一面墙上，贴满了客人留下的纸片和照片。纸片上，有人只写一个"好"字，有人写"这世界灿烂盛大，欢迎回家"，还有人写"若是爱，那就这样吧！凡事都到此为止，就此打住。天是你的，海是你的，你是你的。只是你会更深地记得我"。故事都隐去了时间、地点和人物，只有情绪如山中空气一样，清冽，饱满。

客厅角落有一幅油画，玫红色的海浪翻卷，有力的笔画展示了海的巨大力量。盯着看久了，你甚至以为自己已被卷入其中。

这也是老邢的作品。

投影仪上，打出了一个 LOGO，一株飘逸优雅的紫玉兰，绽放于一个"人"字形的屋顶上。这株玉兰，应该有个美丽的名字——辛夷。

"你看看像什么？"方艾指着屋顶下方问我。

"初看是自由自在的'自'，再看是躺倒的'山'，或者是'三'和'十'融合到一起。"听我这么说，方艾点头称是。屋顶下方的右边，很好明白，形同阿拉伯数字"6"。

这个 LOGO，也是老邢的作品。

老邢说自己"开了一个客栈，讲了一个故事，创了一个品牌"，我们笑着接下去，"还打开了一种人生"。

围绕玉兰，老邢讲了一个故事。

方艾笑了起来，指了指我身后那一幅两米多长的巨幅油画。

红衣少女独自坐着，倚靠栏杆看向远方，表情颇为忧伤。"宝华玉兰以'植物界的大熊猫'闻名于世，而玉兰姑娘渴望爱情的传说非常动人，我就按照自己的理解画了下来。"老邢说。

宝华山不乏紫楠、三叶枫等珍稀树种，最为珍贵的却是被称为"植物活化石"的宝华玉兰。"宝华古玉兰，就在丁沙地那里，有十五株，活了一千多年了。一到春天，玉兰花盛开，站在山路上就能看到满树的紫花。"方艾的脸上，展现出春天赏花时的兴奋。

"玉兰姑娘旁边的花轿上着锁，有两个意思：一个是她已备好花轿，期盼心中的那个人来迎娶她，但迟迟等不到喜讯；另一个是爱人没来，别人家的花轿却来了，她拒绝上花轿，心中上了锁。"老邢这样向我们介绍墙上的画。

从饱满纯净的宝华玉兰上受到启发，老邢来了灵感，把玉兰设计成胸针，成为三十六季开发的文创产品。说话间，方艾拿来两个纸袋子，递给我。打开来，是两枚玫红色的胸针。我把其中一枚别到黑色风衣上，颜色、大小正好合适。

楼梯刷成了嫩绿色，沿着楼梯而上，看到墙上挂着几组相框，里面装着老邢夫妻和女儿浪迹天涯、四海为家的照片。这些照片组成的世界，是他们一家三口的，很大，很大。

二楼，五个房间，呈 U 字形布局，中间留足了公共空间。尼泊尔风铃、转经筒、老木柜，这些都是他独自"海淘"得来的。茶桌、茶几、茶凳，不止一组，你可以一个人坐着发呆，也可以几个人聊得海阔天空。一架天文望远镜伸出栏杆，透过镜子望出去，远处青山如黛满目苍翠，更远处星河灿烂月华皎皎。

房间很大，是套间。进了门，打开空调，深陷于沙发里，茶具摆在茶几上，葛根茶和蓝山咖啡随你挑选。窗下长桌是非洲柳木做的，上面堆着成摞的书本和杂志。

洗手台、智能马桶和淋浴间是分开的。卫生间不仅安装了智能马桶，还为手机不离手的客人安装了手机架。

宽敞的房间里，安置了一张宽阔的大床。圆形大床像个温暖的港湾，床头的弧形桌子是个大山般的屏障，卸下你积累半生的疲惫，拿走你端了半天的矜持。

方艾说："一般的圆形大床，两米二长，个儿高的客人腿一伸，就露到外面了，所以三十六季专门定制了二点四米的大床，客人的脚绝对不会伸到被子外。客栈的其他八个客房也各不相同，从豪华大床房、豪华双标间到日式榻榻米、特色景观房，各具心思和心意。

"老邢希望客人'为一间房，赴一座城'，'阅一座山，恋一间房'。客栈就要让游子产生久违的回家感觉，这并不是换一个地方休息、换一张床睡觉的问题。他还敏锐地察觉到，进入客栈大门的是客人，没有进入客栈大门的也是客人。互联网时代，客人绝不应该局限于传统的'眼见为实'和'到此一游'，任何人在浏览网页或者预订房间的那一刻，就已经成为他尊贵的客人。"

月亮升起来，周围偎着一两颗很亮的星。月亮近乎圆满，亮得吓人，不知道山野里的动物是否习惯。

小包端着茶具上来，放到桌子上，让我们自斟自饮。于是，我们以一种舒服的姿势坐在舒适的椅子上，热茶，清月，凉风，细语，挽留我们，舍不得回房睡觉，可一旦入睡，你连梦都没有一个。夜太静！

"开客栈，给了我第二次生命。"坐到工作台上，老邢对我们说。

工作台也是从一棵巨大的非洲柳木上剖下的，宽阔，厚实。杯子里茶香袅袅，对面的老邢眼睛明亮。方艾在桌子尽头坐了下来，时不时提醒老邢一两句。

"2016年开客栈，初心是满足自己，为别人也为自己造一个世外桃源。干了几年之后，我想，为什么不把它做成一个品牌呢？于是，用了七年时间，把客栈做成了甲级民宿。"老邢招呼小包，"小包，你也来听听。"

"我喜欢《踏浪》那首歌的歌词：小小的一片云呀，慢慢地走过来，请你们歇歇脚呀，暂时停下来。山上的山花儿开呀，我才到山上来，原来嘛你也是上山看那山花开。"说着话，老邢唱了起来，意犹未尽，老邢又说起了自己，"我就是小小的一片云，停下来和大家一起去踏浪、看花。"

"我的优点是执着。要么不想，要么去做，一旦想做一个事情，就很'轴'。'轴'给了我很大帮助，选择了就要坚持，充满爱地坚持。从情怀来说，客栈是成功的，从经营上来说可能是失败的。也怀疑犹豫过，这是我要的生活吗？我也提醒自己，当梦想超过现实，还是要注重现实，见好就收。"说到这里，老邢笑了起来，"毕竟是'长江后浪推前浪'。"

方艾也笑了，可她说出来的不是"前浪死在沙滩上"，而是"前浪奔向大海洋"。

方艾接着说："一开始做客栈，他爸妈反对，认为开客栈并不能挣钱，何况还要跑到外地去。我就不反对，男人嘛，想做事你不能阻止，否则他会埋怨你。他爸妈问我的意见，我说，咱们有这个条件，就让老邢做吧，做好了挣钱，做不好养老，没多大风险。"方艾的讲述沉稳。

从南京家里到这里，一个小时的车程，一开始，老邢在这边的生活起居没人照顾，只好找了个保姆。老邢是外地人，人生地不熟，做客栈又是个门外汉，那就从零开始。

"老邢只要想做，就比普通人效率高，从签合同到设计、装修、亮相，总共才三个月。2016 年 8 月试营业，客栈的门一打开，很多人都惊呆了，感叹这是什么样的速度、什么级别的装修啊。硬件方面，客栈高于五星级酒店；人文方面，老邢的艺术鉴赏水平高，有文化气息，做客栈的时候自然就融了进去。"方艾说，"客栈对句容和镇江的带动力很大。"

这些年，三十六季客栈获得的荣誉有一大串，江苏特色民宿十大最受网友欢迎美宿奖，长三角地区民宿年度新星奖，江苏省放心消费先进示范单位，江苏省级巾帼示范精品民宿，镇江市乡村旅游金宿。

2023 年，三十六季客栈更是收获满满。

2023 年初，全国第二批等级旅游民宿正式公布。常州溧阳青峰仙居、苏州吴中仁德山庄、镇江句容三十六季客栈、淮安洪泽云沧海四家获批"甲级"。甲级民宿是民宿界的天花板，全国只有四十一家，江苏省六家，镇江仅三十六季一家。

2023年7月，三十六季客栈与镇江的西津渡历史文化街区、大运河文化带研学游、茅山新四军纪念馆、醋文化博物馆、句容丁庄村、宝堰古镇、丹阳眼镜风尚小镇、丹徒五套村等一起入选江苏"运河百景"标志性运河文旅产品。

从动心做客栈，到做成江苏的品牌、全国的甲级民宿，老邢的能力得到了大家的认可。江苏省旅游协会设立民宿客栈与精品酒店分会，老邢当选为会长。

当了会长的老邢，朋友圈里几乎很难见到三十六季的有关内容，现在他发得最多的，是各地乡村旅游的推介活动。昆山、常州、姜堰、盐城、无锡、扬州……灯火、夜色、房车、音乐、烧烤……每一天都是不重复的风景，每一天都是不重复的路。

作为会长，老邢对江苏民宿业的发展自有一番见解："江苏有适合民宿发展的沃土，山水旖旎，田园风光，良田万顷，湖荡纵横，古村名镇众多。更重要的是，江苏人还有着强劲的消费需求。作为轻度假方式的民宿，正在成为一种新型消费模式。民宿的高质量发展，必然会推动江苏乡村振兴、全域旅游的健康发展。"

宿于山野

可是，在起步阶段，江苏的民宿发展并不比邻省的浙江好。2010 年之前，民宿的概念比较模糊，就是农家乐，后来，先行者们瞄准中高端消费人群，越做越好，高档民宿集中出现在一些风景优美的地方，比如莫干山。

浙江莫干山，在今天所有做民宿的人眼中，简直是一方圣地。闲聊中，方艾提到了莫干山的几家民宿。

曾任上海世博园区景观工程总顾问的朱胜萱，2011 年参与制订莫干山镇旅游规划，并建造了一座拥有十三个房间的民宿"清境原舍"。在莫干山的碧坞村走出"大乐之野"第一步的，是名叫吉晓祥和杨默涵的两个同济大学的毕业生，为了民宿他们放弃了上海的稳定工作。钱继良的"西坡"，特别尊重在地乡村的固有传统，在改造的过程中延续了老房子的故事，而且过滤掉老房子、旧物件的土气和糙感，放大了时尚感和设计感，留下的是岁月包浆和质朴人情。

这些民宿，开一个火一个。"浙江的民宿探索，真正体现出'绿水青山就是金山银山'。"老邢总结道。

是的，绿水青山就是金山银山！

2021 年是"十四五"规划开局之年，也是巩固拓展脱贫攻坚成果同乡村振兴有效衔接的起步之年。民宿迎来了新的发展机遇。这些年，西北中卫的荒漠里，西南大理的古城里，东部上虞的深山里，东北亚布力的雪野里，创出了黄河宿集、大乐之野、木亚文旅、乡伴文旅、西坡、雪花谷等一批品质民宿。本就底蕴深厚的中国乡村，重新焕发出生机，和城市化进程并轨，兼美。

投身民宿行业的，有的是老邢和方艾这样的夫妻，有的是吉晓祥和杨默涵那样的同学，有的是寒玉和牧儿那样的母子，有的是志同道合的朋友，他们带着创意、创业的激情，带着自己的理想、情怀，前往乡村、山野，改造、建设。

一栋栋民宿不仅仅重塑了乡村面貌，而且带来了一种全新的生活方式。当地人发现，原先日常生活中"并不值钱"的老村舍、老厂房、老仓库、老民房、老桥墩连同环境、习俗、土产，都如同受了魔杖的点化，变得生机勃勃，引来了一拨儿又一拨儿的远方客人。

也许来源于一个个旅人浪迹天涯的梦想，也许归因于一群群市民冲出钢筋水泥丛林的愿望，也许得益于地方政府的推动，喜爱民宿的旅游者越来越多，民宿的生意火爆起来。

"助力'强富美高'新江苏、新乡村建设，是所有民宿人的心愿。"老邢说。

运河风情、滨海湿地、江南水乡、江畔休闲、竹海茶田、禅意小镇……这些乡村旅游集聚区，不仅建设出了田野上的"诗和远方"——民宿群，而且打造出了"水韵江苏·美好乡村"的品牌群。

在民宿行业高速发展的过程中，有个现象令人欣慰：年轻人的投入、打工人的回归、外地人的加入，打破了城市与乡村的界限，引来了观念的碰撞与文化的交流。奔赴是双向的。这些新乡村，也成为乡村振兴的示范点和样本，吸引更多的年轻人和游客到乡村来，居住或创业，游览或休憩。

在这种情况下，仅靠民宿主人的情怀和梦想已不能满足客人的需求，更无法支撑市场的需要，民宿需要"高"和"远"，"诗意"需要情怀和品质，于是，新事物出现了——民宿培训课程，新人物到来了——店长、管家、保洁、厨师。

这些经营和服务人员，有的来自本土，像小包那样的年轻人；有的来自城市，如厨娘那样的中年人。而三十六季的客人，苏锡常、南京、上海人居多，以回头客为主，他们喜欢来这里举办年会和商务活动。

随着年龄增长，老邢更愿意与年轻人打交道。不过，老邢也深谙其中的技巧——年轻人不想听时，你就千万不要讲；年轻人主动来问你时，那才是传授传承的最佳时机。

老邢所说的传承，是文化传承，精神传承，与人为善的传承。年轻人有勇气和技能，但没有经验，所以协会对年轻人怎样当管家、怎样做服务进行培训，让他们能够尽快独立开展工作。

重新审视乡村生活，再度打量乡村之美，老邢发现乡村成为良性循环中的一个环节，带来更多的可能性。

"如今，树屋、集装箱、房车、露营，也成了民宿的一种，民宿实现了多样化。民宿的主人，一定要有一个有趣的灵魂，要传播当地文化，甚至会直播带货。"方艾说。

民宿，或被旅人视为"一水分南北，中原气自全"的"风陵渡"，或被游客看作芳草鲜美、落英缤纷的"桃花源"。那些来来往往的行人，来民宿投奔一场情投意合的"英雄会"，寻觅一个被时间遗忘的"武陵源"，不问来路也不问去路，"不知有汉，无论魏晋"，把酒言欢或点头致意，做山中宰相和地上神仙。正应了古人理想的生存状态："囊有钱，仓有米，腹有诗书，便是山中宰相。身无病，心无忧，门无债主，可为地上神仙。"

对于从事民宿行业、成为民宿主理人，老邢满意且得意于自己的选择。他重新点上一支烟，目光瞬间深邃起来——

民宿行业的发展，正好顺应了国家的乡村振兴战略，而协会作为民宿的行业组织，必须在企业与政府间架起沟通的桥梁，这样才能成为大家的"靠山"和"参谋"。

改革开放四十余年，个人的命运转折都与国家命运有关，普通人的创业经历与国家政策也"同频共振"，比如他转型做客栈就与国家乡村振兴政策有关，虽然这其中不乏个人梦想的成分。

三十六季有一股神奇的力量，你还没离开，就已经开始想念。离开后，你会一次又一次地想念。你有了对山的向往，有了对寺的崇敬，还有了无法诉诸语言的情愫，像一条暗流，直抵你的五脏六腑。

旭日东升，宝华山笼罩在金色的晨雾里，缥缈如仙境。我们含笑，挥手，告别——告别三十六季，告别管家和厨娘，告别大山和古村，告别小猫和小狗。

头一天晚上，临睡前，老邢送给我一本书——《民宿改变乡村》，并在扉页上飞扬而有力地签上了自己的名字。书里记录了民宿改变乡村的十二个中国样本。我迫不及待地翻阅起来。十二个样本里，并没有三十六季，也没有关于老邢的只言片语。可是，我却从书中看到了老邢，看到了三十六季。

是的，在民宿发展的路上，老邢不孤单。

第二天早上，老邢和方艾没有出现——他们已经到了丹顶鹤的故乡。

琴声悠远

耀眼，既来自自身，又关乎背景。古琴的耀眼，除了本身的魅力外，还有中华几千年的深厚文化做背景。

清和节当春，渭城朝雨浥轻尘，客舍青青柳色新。劝君更尽一杯酒，西出阳关无故人。霜夜与霜晨。遄行，遄行，长途越渡关津。惆怅役此身，历苦辛，历苦辛，历历苦辛。宜自珍，宜自珍。

不经意间，耳畔就能响起旋律，古琴的深沉，龚琳娜的激越，《阳关三叠》的忧伤。似乎旋律一起，往事就扑面而来。有时却是，往事一闪，旋律就回响在耳边。故人，往事，随着年龄的增长，非但没有远离，反而更近了。

遄行，遄行，长途越渡关津。

2023 年 7 月 19 日。从徐州到扬州，用了一小时四十分钟。乘高铁到扬州，这还是第一次。上午十一点半，我出了扬州东站。南风古琴艺术（扬州）有限公司的人正在站外等我。

很大的广场，没有太多人，没有太阳，没有伏天的高温。

"前几天刚下过大雨，这几天不热，往年这个时候扬州是很热的。"年轻的司机说。

出了地下停车场，车子驶上一条宽阔的马路。惊鸿一瞥，路名在意料之中又在意料之外，叫作"烟花三月路"。

"扬州的路名都这么浪漫吗？"

"是的，你看，那一条路就叫'春风十里路'。"

雨点飘来，细细柔柔，稀稀疏疏。一路疾驰，窗外的风景有些模糊。看来，扬州的雨，可倾盆，亦能怡人。

在与司机漫不经心的对答中，李典镇的路标突然显现在路边的一块石头上。经过一片稻田、几处农家，车子一拐，驶入了"南风"的大院。

单立站在院中迎接我。

放下行囊，直奔饭堂。狮子头、豆腐鱼、丝瓜汤陆续端上了饭桌，都是正宗的淮扬家常菜。

"听说你要来，我特意去剪了头发。"单卫林指了指自己的鬓角说，"六十多岁了，两边的头发都白了。"剪短鬓角头发的单卫林显得很年轻很精神，普通话说得也好，和扬州当地人的口音不一样。

饭后，我们约好两点钟开始工作。

"南风"的客房，简朴，安静。枝繁叶茂的桂树静静地站在院子里，积蓄着力量，等待着秋天，好释放自己的香气和果敢。雕花的木头有几米长，依然坐在过道上，无声诉说自己的见识和认知。躺下，却睡不着，干脆起来到楼下去走走。

"南风"，我不是第一次来。

几年前的一个秋日，我来"南风"买过一床古琴。那一次，由当地的朋友带着。那一次，是单立接待的。那一次，我们没能见到他的父亲单卫林，那个会修琴、能斫琴、擅弹琴的"南风"董事长。

一楼，二楼，三楼，仲尼、伏羲，宜春、宣和，蕉叶、落霞，各式各样的琴，令人目不暇接。说是眼花缭乱，也毫不夸张。单立引着我们，一层一层地转过来。那是我平生第一次参观古琴制作工厂。高大宽敞的仓库里，木料堆到了屋顶，只留下窄窄的一条过道。木头的香气弥漫了整座仓库，不留一丝缝隙。

当我再次站在这里，油然而生的亲切感和木头天然的香气迅速包裹了我，和上次一模一样。所谓的熟悉，其实是对往事的一种记忆，它如此深刻，历经多年却恍然如昨。

两点钟，我和单卫林父子在一楼会客室里落座。房间高大宽敞。南墙上，大门两边，挂了一床又一床古琴，玻璃柜罩着。一床琴的背后，用中文和希腊文刻着"中华人民共和国与希腊共和国建交四十五周年纪念"的字样。想来，这样的琴，应该不止这一床吧。琴的下面，错落有致地陈列着许多证书，单卫林的，单立的，琴社的。和我见过的许多场景不同，一尊黑檀的观音像前，摆放的不是香炉，而是一床琴。

我在那众多的证书、牌匾中，发现了一块由扬州市广陵区文旅局颁发的"最美文化空间"牌匾（确实是最美的文化空间），旁边则是一块省级乡土人才"三带"能手的奖牌。证书、牌匾多得几乎让人忽略了主人一路遇到的各种考验和挑战。

茶几上，葡萄翠绿，茶汤清亮。交谈一如琴声。这一次的访谈，会不会是一曲《渔樵问答》？

这个夏天，新东方教育集团创始人俞敏洪和"网红"主播董宇辉也造访了扬州。泛舟瘦西湖，女导游即兴唱起了扬州小调《拔根芦柴花》。董宇辉说自己一句没听懂，俞敏洪说他能听懂一点。这种情形让单卫林笑了起来，他初到扬州时，也是"听不懂"。古老的扬州，对"年轻"的单卫林来说是全新的。

"因运河而兴起，因盐商而繁华，因美食而可爱，因唐诗而隽永。"董宇辉这样评价扬州。而在琴家眼中，扬州又因广陵一派而著名。

把扬州想象成一床古琴。

泛着波光的大运河，是那用天然大漆一遍遍擦出来的琴身。瘦西湖、二十四桥、何园、个园、平山堂、天宁寺、御码头、东关渡口、瓜洲古渡……是那琴身上的徽点，晶莹如玉，深沉若山。一床古老的琴，在今人手上再次奏响。

二十四桥犹在。这个城市的琴声，从小巷中传出，影响了一个东北来的年轻人。

"那是 1988 年一个暖意融融的秋日下午，在扬州一条小巷子里。"坐在自己创办的"南风"里，单卫林走到了时空深处，与二十六岁的自己相遇了。

秋日的下午，单卫林从家里出来，一头黑发在阳光下闪着光，他要去看一场电影。这个城市，他已经生活了九年。大街小巷，个园何园，都留下了他的脚印。古运河边、瘦西湖畔，静静的流水伴着他静静地发呆。东北的白桦树有时会浮现在他的"扬州梦"里，和眼前的成片竹林重叠。

买好电影票，离开场还有一段时间，单卫林信步走入附近的一条小巷。

巷子很窄，行人不多。墙角长满了青苔，野草从砖缝里顽强地长出来。斑驳的门板上，"修脚""挖耳"的字样油漆剥落。巷口的老头老太说着家长里短，这景象宁静又苍古。风吹过，虫鸣隐约可闻。

看看天，看看地，单卫林突然停住了，一种声音从广播里泼洒而出，包裹住了单卫林所有的生命体验，也隔离了所有琐碎的世俗的声音，一切似乎都凝固了，景物、风物和人物，从古至今都没有改变过。但一切偏偏又流动起来，古旧的小巷幻化成山川和河流、沙滩和落雁。

音乐消失了。老城复活了。单卫林回过神来，美得犯晕的感觉挥之不去。

宁静，苍古，和小巷气质如此吻合的是什么声音？这美妙异常的声音又是什么乐器发出的？单卫林无心再看电影，开始到处寻觅广播中的声音，见人就打听。终于，他得知广播里播放的是一支古琴曲，叫《平沙落雁》。

单卫林隐约领会到了一种意义，虽然当时他没能力弄清楚那是什么。

三十五年后的今天，我耽溺于古城扬州，在古运河舒适的游轮上怀古，在瘦西湖垂柳遮蔽的水榭里听雨，也在个园狭长幽深的甬道上抬头望天，从何园布置着留声机和壁炉的欧式房间里探出头去，试图理解扬州和扬州文化对单卫林的意义。

时隔几十年后，《平沙落雁》带给年轻的单卫林的心灵冲击交叠于中年单卫林的人生体验之上，成为他生命的另一个源头。他由此获得新生。

2018 年的一个秋日，我体会到了单卫林当年的震撼。几个琴友相约去金陵幽兰琴馆，拜访琴家马杰先生。对《平沙落雁》情有独钟的马先生，在馆里为我们演奏了此曲，"借大雁之远志，写逸士之心胸"。

秋风起，黄昏至，洞庭湖烟波浩渺，白沙岸如露如霜，雁群从远方翩翩飞来。几只大雁落在白沙之上，昂首呼唤尚在空中逗留的同伴。天上的雁与地上的雁此呼彼应，浅鸣低唱。在愈来愈浓的暮色中，马先生手指飞腾，琴弦上发出扑棱棱的声音，如大雁敛翅，落向平沙。久之，一切归于宁静，大雁沉沉睡去，连同沙岸和水面。此时，时间停滞，空间阔达，天空有了精神，大地有了寓意。

从琴声而知琴曲，从琴曲而知琴派，从琴派又寻到了琴家。

1988 年前后，国内弹古琴的人远不如现在多，也远不如新加坡、加拿大的多。那时候，国内没有一家制作古琴的工坊，也就是说，没有新琴可弹。那些弹古琴的，用的都是家传古琴，明代的宋代的都有。

单卫林既买不到琴，也买不起琴。"一床琴就要千把块。实在想练琴了，我就到老师家里过把瘾。"单卫林话锋一转，"我没有古琴可弹，就立志自己做出古琴来，让所有喜爱古琴的人都有琴可弹。"

单卫林很快和扬州的古琴名家胡荫乾、刘扬、马维衡等人交上了朋友，并开始拜师学琴。既学演奏，也学修琴。

单卫林给人修琴，不收钱，而且技术很好，渐渐地就赢得了好口碑。

在单卫林眼里，中国传统乐器中，最重要的只有两个，一个是古琴，一个是琵琶。古琴是中国原创的文人乐器，琵琶是西域传来的表演型乐器。

传说，舜定琴为五弦，后来文王增一弦，武王又增一弦，成为七弦琴。几千年来，古琴几乎没什么大的改变。

琴棋书画，琴居第一。古琴一直是中国文人、士大夫、僧人爱不释手的器物。"独坐幽篁里，弹琴复长啸。"它以"虚静简淡""中正平和""清微淡远"的振动，试图触及人们内心最幽深最峭峻的所在。"客心洗流水，余响入霜钟。"轻轻泛音，袅袅余音，远遁古代，上穷碧落，滤尽凡尘，身轻神远。

据说，当年孔子反复操练一曲，后来竟然在琴声之中见到了作曲者。那个面色黯黑、身形颀长的人，颇有王者风范。不是周文王还能是谁？教授孔子琴艺的师襄子霍然起身，对孔子拜了两拜，叹服地说："老琴师曾经告诉过我，此曲名为《文王操》，确为周文王所作。"孔子这境界，着实不凡！师襄子这心胸，令人敬服！

古琴有十四宜弹："遇知音，逢可人，对道士，处高堂，升楼阁，在宫观，坐石上，登山埠，憩空谷，游水湄，居舟中，息林下，值二气清朗，当清风明月。"

古琴还有十四不弹："风雪阴雨，日月交蚀，在图圄，在尘市，逢俗子，对娼妓，醉酒后，夜事后，衣冠不整，香案不洁，神思不聚，腋臭臊气，不净手漱口，鼓动喧嚷。"

这些清规，其实是琴家对自己人格和品性的标高。

《红楼梦》也曾借林黛玉之口说琴：

> 琴者，禁也。古人制下，原以治身，涵养性情，抑其淫荡，去其奢侈。若要抚琴，必择静室高斋，或在层楼的上头，在林石的里面，或是山巅上，或是水涯上。再遇着那天地清和的时候，风清月朗，焚香静坐，心不外想，气血和平，才能与神合灵，与道合妙。所以古人说"知音难遇"，若无知音，宁可独对着那清风明月，苍松怪石，野猿老鹤，抚弄一番，以寄兴趣，方为不负了这琴。还有一层，又要指法好，取音好。若必要抚琴，先须衣冠整齐，或鹤氅，或深衣，要如古人的像表，那才能称圣人之器。然后盥了手，焚上香，方才将身就

在榻边，把琴放在案上，坐在第五徽的地方儿，对着自己的当心，双手从容抬起，这才身心俱正。还要知道轻重疾徐，卷舒自若，体态尊重方好。

这篇"琴论"，是孤标傲世的林黛玉对贾宝玉说的。

唐琴磅礴大气、饱满丰富，宋琴端庄高贵、优雅精致。唐代，伏羲琴最具代表性；宋代，仲尼琴最漂亮。这些琴，都以人名命名。

修琴，让单卫林修出了眼光和境界。当时，传承下来的古琴都在书香门第、大户人家的后人手中，他们往往家境优越、教养良好、见解独到。这样的客户，从北京、上海、台湾、香港、新加坡等地慕名而来。由此，单卫林不仅加深了对古琴的理解，也增进了对世界的认知。

扬州自古就有制作古琴的传统。不过对于立志自己动手斫琴的单卫林来说，还是面临着不少困难。"什么都得自己做，只有琴弦是上海音乐学院校办工厂造的。"单卫林笑着说。

斫第一床琴，单卫林用了将近一年的时间。他试验了十几种木材，最后发现老杉木才是最好用的，导音性好，稳定性强，不易变形。

木料，对琴来说，尤为重要。古人斫琴多选用两种木料，最好的是云杉，四川贵州云南一带的。青城山的云杉尤其好，圆、直、高，是古时建房的好材料，也是造琴的好材料。用青桐造琴的，也不少。单卫林见过樟木琴，不过不多，因为木料太脆了。

一根根云杉扎成木排，从云贵川顺流而下，抵达江浙一带。在水上的过程很重要，一年半载的漫长行程，把阻碍声音传递的胶质纤维组织全泡掉了。长途跋涉到异乡后，被用来架梁立柱，建造房屋或寺庙，经过长年的风化、氧化，越来越成熟，越来越稳定。这样的木料，最适合斫琴。

吃透这些，单卫林用了五六年时间。

云杉木好，可怎么才能找到它们呢？单卫林的经验是，按着"经济路线"走。明清时期，徽商和晋商多有钱，房子建得好，用的都是高大粗壮的云杉。河南开封也有好木料，那里做过北宋的都城，北宋的古琴是最好的。福建、广东的客家人躲在大山里，也有好房子好木料。

单卫林先是到附近的江浙一带寻访，接着去安徽和山西……当年收木头的经历，是单卫林最不愿意说的，因为太辛苦；也是他最难忘记的，因为有意思——寻找木料的过程，恰恰与中国的改革开放一路同行。

"没想到，我这辈子竟靠斫琴这个爱好吃饭，一斫就是三十多年啊。"单卫林感慨道。准确地说，单卫林从事古琴制作已有三十五年——命若琴弦，时而深沉，时而激越；时而悠远，时而急促。

"对艺术和美学，我有自己的判断。琴在声音和制式上，都要有独特的艺术气质。

"比如做伏羲琴，我就要做出唐琴气质；做仲尼琴，我就要做出宋琴风范。我对一床琴的审美要求就是，不用看我的名字和印章，让人一听就知道是我做的，这样才有价值。

"我的琴，音域空间要做出来，要能盛放得下感情，要把故事充分表现出来。

"古琴不是一个物品，也不是一截木头，它是有灵魂、有个性的。声音也是有气质的，它们有血有肉，饱满苍古，有磁性，张力大。"

单卫林说着琴，又好像在说着自己。

"古琴都有个性、有灵魂、有骨气，现在的很多人却没有这些，真是遗憾。"我引申开去。

一块块木头，经过风雨的磨砺，经过双手的打磨，带着单卫林的鲜明个性和独特气质，从他的"南风"走向了世界，意大利政府曾授予单卫林艺术贡献奖。

单卫林不能忘记充满禅意的"无尽藏"。

2018 年，单卫林研制了一床伏羲式古琴，它造型圆润，用料考究，仅元代老杉木琴面、白木底板、老红木岳山和冠角、白玉轸足、深海云母徽，就让人叹为观止。这床集书法、绘画、印章雕刻艺术于一体，有着极高演奏、欣赏、收藏价值的珍品古琴，被单卫林命名为"无尽藏"。

"无尽藏"没有辜负单卫林和"南风"。2022年，"无尽藏"一举拿下"薪传奖"——由国家文化和旅游部批准设立的我国首个非物质文化遗产国家级奖项，这是江苏古琴界唯一获得的中国非遗奖项，在全国古琴界也是凤毛麟角。当时，来自全国二十二个省市的四百一十一件作品参加角逐，最终仅三十五件作品获奖。

对单卫林和他的"南风"，媒体报道说："他制作出来的古琴形神兼具，音质古朴，音色清纯。如今的单卫林已经是斫琴名师了，其亲斫的'单琴'深受全球各地古琴演奏名家的喜爱，他所创立的'南风'也是国内规模最大、最知名的古琴生产企业之一，离他早年立下的'让所有喜爱古琴的人都有琴可弹'的梦，越来越近。"

古琴有了，曲子多吗？我仅知道《阳关三叠》《梅花三弄》《秋风词》《良宵引》等十几支曲子。

单卫林说："从记载来看，古人传下来的曲子有三千多首，但现在打谱出来能演奏的大约只有一百来首，真正适合在舞台上表演的也就三十多首。"

从弹琴的角度来看,琴谱就是个琴谱,照着谱子干巴巴地弹下来,很多人都能做到。不过呢,我们也只能说这个人是弹琴的,不能说他是演奏的。理解琴曲需要文化的底蕴和时间的沉淀,弹奏琴曲更需要日积月累、反复练习。古琴是非常美的艺术,古琴艺术中包含了中国人的哲学观,那就是"和",也就是我们通常所说的天人合一。

单卫林的琴厂名为"南风",也蕴含着天人合一的理念。

"南风之薰兮,可以解吾民之愠兮。南风之时兮,可以阜吾民之财兮。"《诗经·南风》中的诗句给了单卫林灵感。

"南风"这两个字,也与古琴有一定渊源。

《礼记·乐记》记载:"昔者舜作五弦之琴以歌《南风》。"《古今乐录》也有类似说法:"舜弹五弦之琴,歌《南风》之诗。"而《南风歌》,相传就是舜帝所作。《史记·乐书》写得更详细:"舜歌《南风》而天下治,《南风》者,生长之音也。舜乐好之,乐与天地同,意得万国之欢心,故天下治也。"

"传说古人斫琴,受《易经》影响,五弦是指'金木水火土';琴长三尺六寸五分,象征一年三百六十五天;十三个音位叫作十三徽,来自一年十二个月再加上一个闰月。天圆地方,有天有地,天地人和。"单卫林对古琴的介绍,令人耳目为之一新，"古琴的最高点叫岳山，站的地方叫雁足，根据自然演变而来，多美的名字啊。"

琴厂的墙上，写着对古琴各部件的介绍：若用自然比喻，就叫岳山、天柱、地柱；若用人体比喻，就叫琴头、项、肩、身、腰；若用珍禽瑞兽比喻，就叫龙池、凤沼、雁足。这些不同的叫法，全都表达了中国传统文化中天人合一的理念。

今天，古琴不仅在中国"飞入寻常百姓家"，而且还有了"宇宙级"的影响。1977年8月，美国发射"旅行者2号"，里面的镀金唱片收录了长达七分钟的中国古琴曲《流水》，用以代表人类智慧。2003年11月，继昆曲之后，中国古琴艺术被联合国教科文组织列入世界第二批"人类口述和非物质遗产代表作"，成为东方文化的象征。

2006年，这门艺术进入了中国非物质文化遗产名录。

我想再去加工车间看看，因为第一次来"南风"时看得太匆忙。

单卫林让单立陪着我。

"这些年来，父亲一直沿用古法斫琴，他的美术基础、木工基础和古琴弹奏功夫都起到了极大的作用。"单立说，"古法制琴，周期漫长。选好琴板后，要经过画图、放线、做琴面、掏内腔、合琴、装配件、避缝、髹漆、推光、装足等工序，古琴才算制成。"

"工序说起来简单，其实选好木材后，至少要先晾一年，之后要擦六十多次天然大漆。不是擦完就完事了，每次擦漆后都要把琴放进房间里阴半个多月，阴干后才能上第二次。"单立介绍时，我忙着心算：就按擦六十次漆、每次十五天来计算，一共需要九百天，合成两三年时间。再加上木材晾晒的一年，那就是三四年啊。

"父亲经常对我和工人说，好琴需得时光磨。斫琴，从来不是人选琴，而是琴选人。心不静不行，根本做不成琴。"斫琴如此，弹琴亦如此。静心，是第一要素。

车间里，油漆味浓重，地上的青砖似乎也被雨水浇过。师傅们在各自的岗位上忙碌着，满头大汗。向我介绍生产流程的单立满头大汗，听着单立介绍的我也满头大汗。

车间里没有空调，没有电扇，又闷又热。"工人在这种环境里工作？"我表示诧异。

单立说："就是要这又闷又热的环境，只有这样制成的琴才能保证质量。"

眼前的场景，让我想到了宜兴的紫砂艺人。他们为了保证产品的质量，也是在不开空调和电扇的环境下劳作，一样辛苦。

跟着单立往前走，置放在工作台上的琴已能看出雏形。

琴身制造，涉及木工和漆工两项重要工艺，那可都是大学问。扬州漆器名闻遐迩，漆器厂很多，当年"南风"幸运地招到了七个资深漆器工人，如今不少漆工就是当年老漆工带出来的徒弟，所以"南风"仍然保持着传统的全手工制琴工艺。

作为一个门外汉，我自然分不出漆的差别。单立拿起黢黑的一个罐子，告诉我这是熟漆。

"古琴最传统的做法，是用生漆调配，跟现在用化学调制漆完全不同。"我看媒体是这么表述的。我弄不明白，生漆和熟漆，到底有什么区别。

大河奋楫

195

"熟漆是生漆熬制后的漆，里面加了桐油。生漆黏性很大，不能直接擦到琴面上，所以要加桐油。"单立耐心解释。

"南风"做琴用的是天然熟漆，所以琴的音域宽广、音色浑厚、余音悠远。这样运用古法制出的琴，耗时耗力，当然，优势也是现代机械化制琴工艺不能比的。

出了车间，我们又走进木料仓库，那一排排一摞摞木料，直堆到屋顶。"这边是明代的杉木，那边是宋代的。你看，年代越是久远，颜色越深。"单立边说边引着我往里看。

一股无法言说的香气瞬间包围了我，抵消了油漆的味道和天气的闷热。

"国家对传统文化重视起来，我的生活也好了，我的家人也都很好。对家人要好，对社会上有希望的人也要好，所以我乐于帮助大学生。我们有一个七八个人的小组，每年拿出不少钱来，资助了不少人，我爱人也是组员。"单卫林"一不小心"，说出了自己的"秘密"。

　　"我喜欢帮助那些有知识的孩子、有能力的年轻人。上学缴不起学费的，我来缴；没钱买火车票回家的，我来买。但有一条原则，我从不和受助的年轻人来往，一是不图回报，二是保护年轻人的尊严。有一次，一所大学要举行我和受助人的见面会，被我坚决拒绝了。"

　　对那些有能力却暂时遇到困厄的年轻人来说，单卫林就如同那缕缕南风，暖而润。

　　"琴道，是很好的哲学。帮助他人后，我的心是敞亮干净的，身体是轻盈清爽的，感觉可以向菩萨汇报了。"单卫林帮助人，也不是盲目的。他有针对性和选择性，既不让帮助沦为形式，也不让帮助成为负担。

　　他把帮助分为捐、送和赠三种。

　　捐，主要是针对初中和小学。有的学校想开办个古琴课，他就捐十床琴，这样孩子们从小就能接触老祖宗留下的东西，了解传统文化，而接触到古琴的孩子会很多，绝不止十个。

送，给正直善良的琴友，通过古琴结缘。琴友的孩子结婚或琴馆开张，他都会送去好琴，因为大家都是内行的专业的，都知道什么是好琴。深圳大学、北京大学的古琴社，他都送了琴。在新加坡举办的"南风杯"国际古琴大赛，金奖的奖品是古琴，也是他送的。

赠，代表国家形象，琴不但要好，还要有超强的艺术感。接受方往往喜欢把古琴罩起来、挂起来给人看，所以要有篆刻、玉器在上面，漆的颜色也要鲜艳。中日邦交正常化三十五周年，单卫林做了十二床琴带到日本，其中一床赠给了中华人民共和国驻日本大使馆。

是的，我在会客厅里见过这张捐赠证书。和它并肩而立的，是一张张获奖证书、荣誉证书、参展证书。我看到《琴梦红楼》这本书和广陵区非遗工坊牌匾放在一起。

雨大了起来，窗外的竹叶上滚动着雨珠。

"在这工作的，先是学生，接着才是徒弟。我不让他们喊我老板，我是他们的师傅或老师。"单卫林说，"斫琴不仅要守得住技艺，更要传承下去。斫琴的过程，其实是对古琴文化的又一次思考、又一种创作。"

他有个更为高远的目标，那就是把古琴技艺传承下去，让越来越多的人了解古琴、掌握古琴，这样中国的古琴事业才能发扬光大，古琴演奏才能傲然于世界音乐之林。

这是责任，也是动力。

"我看到您年初评上了高级乡村振兴技艺师。"

"是的，成了教授。"单卫林笑着说，"江苏省人社厅评选的，我当时申报的专业是乐器制作。"

扬州市共有十七名乡村能人通过了 2022 年江苏省乡土人才高级专业技术资格评审，其中正高级的乡村振兴技艺师四人、高级乡村振兴技艺师十三人，涉及雕刻、烹饪、刺绣、漆器、美发、修脚、古建筑、乐器制作、雕版印刷等多个扬州特色乡土产业。单卫林如愿获评"高级乡村振兴技艺师"，是十七人中唯一的乐器制作人。

单卫林说："全省设立乡土人才职称序列以来，扬州市不唯论文、不唯学历，只凭实绩论英雄。"像他那样扎根基层、活跃在民间的乡土人才，不仅得到了职称，而且走上了成才之道。

"从东北来到扬州，能有这样的成绩，我很高兴，虽然也吃过不少苦，有过一段很苦的日子。"单卫林含笑说起这些，没有叹气，也没有皱眉。

是扬州改变了单卫林，他从一个东北军人家庭的少年变成了扬州城里的青年文化人，学会了"广陵派""伏羲式"

等新名词，也逐渐听懂了当地方言，吃惯了扬州美食。他像一只燕子，从父母的羽翼下奋力飞出来，在扬州的时空下尽情呢喃。

"我是幸福的人。父母的教育对我影响不小，大家都说我正义感强，心态阳光，喜欢学习，善于琢磨。"单卫林说。

单卫林的父亲是军人，是中国第一代飞行员，1943年参加过抗日战争，战后留在了沈阳空军部队。单卫林的母亲是东北人，当过雷达兵。父亲年纪大了，想念家乡的小桥流水、芍药琼花，就回到了老家扬州。那一年，单卫林十七岁，正读高三，跟随父亲回到了气质和沈阳完全不同的南方。1979年底，单卫林入伍，在青岛当勤务兵。怪不得他的普通话里带有北方口音呢。

三年后，单卫林回到了扬州，到扬州亚星客车厂工作。厂里急需技术人才，便送他去南京工学院（后来的东南大学）自动化管理系强电弱电专业学习。学成回厂后，早九晚五的每一天，恰似从流水线上下来的一台台机械，重复，重复，还是重复。

单卫林的成长，不仅有父母双亲的培养，还有中国传统文化的滋养，更得益于他自己的选择。

坐在"南风"里，听着单老师讲述他帮助学生和徒弟的故事，我的思绪飘向了扬州的"晚清第一园"——何园。

何园给我的感受要比个园好，起初我并不知道是怎么回事。

何园门口的大槐树，亭亭如盖，有些花正在枝头怒放，有些花早已败落，安静地躺在地上。何园的凌霄花艳丽似朱砂，贴着夏日滚烫的墙壁，有的极力向上，与蓝天为伍；有的顺势而下，垂坠到地面。何园有很多窗户，梅花式海棠式诉说着隔断和开放。何园有很多树，广玉兰、白皮松傲立其中。何园有独特设计，被赞为后花园的序幕、中国立交桥的雏形。何园有美丽的风景，号称天下第一山、天下第一窗。

何园，本名"寄啸山庄"，偏居一隅的"片石山房"，其中的假山石可算是石涛叠石的"人间孤本"了。

打动我的是这些吗？是，也不是。是何家几代人和黄宾虹的交往，那种知恩图报，那种大气坦率。

出玉绣楼沿复道回廊向东，是何园的客舍骑马楼。身着汉服的女导游被一群人围着，正在讲解"骑马"的意蕴——异乡和征途。我在"寄啸山庄"几个字下徘徊了很久。"寄啸山庄"，取自陶渊明"倚南窗以寄傲""登东皋以舒啸"，而诗礼传家又让这种情操深植于中华大地之上。他们的"寄"与"啸"，"寄"复"啸"，与我心底的某种精神契合。

这，大概就是我喜欢何园的隐秘心理。

何氏家人踏入仕途，是从园主何芷舠的父亲金榜题名开始的。厚学重教、乐善好施的门风，成就了后人，先后出现了祖孙翰林、兄弟博士、父女画家、姐弟院士，成为当地美谈。

曾在何园寓居过的名人很多，"中国人民优秀的画家"黄宾虹最为著名。他是何园园主何芷舠长媳的族叔，一生中六次来到扬州，每次都寓居在骑马楼的东一楼。

自清光绪十七年（1891 年）初到扬州，经历民国、新中国成立，直至 1955 年驾鹤西去，黄宾虹与何氏四代人来往竟超过六十年。何芷舠不仅热情接待黄宾虹，还把自己和友人收藏的元明名画拿给黄宾虹观摩，这其中就有黄公望、倪瓒和王蒙等名家的画作。黄宾虹后来在给女弟子顾飞的《论画长札》中追忆了当年在何园的似水年华。

黄宾虹曾向何家后人赠送仿古册页、题写书画纪念册、发起何氏父女书画展。何园为黄宾虹提供了寓身之所，可是从收获来看，黄宾虹的国学造诣和宽宏雅量对何家人的影响也是不可估量的。

"我是幸福的人。"单卫林再次对我说，"儿子上过大学，已经能够独立运作'南风'。孙女聪明，什么都会说，去年又得了孙子，太太和我在家就是含饴弄孙。"

单卫林的松弛感，给了我很深的印象。轻舟已过万重山，我想，他应该就是这种状态。

复旦大学的一位教授解释孔子所说的"六十耳顺"，不仅是听得进不同意见，还要保持审美的态度，去除执着的态度。精神的展开是有尽头的，六十岁，精神成熟了，不再成长，就要回过头来回顾自己的人生，进行哲学思考，也要改变对世界的态度，对周遭环境的态度，人生重心转移到心性上，从"心"开始，才能精神焕发、健康平和。

单卫林认同这个说法。单卫林的节奏慢了下来，开始向"内"——自己的内心，自己的家庭。我从他的脸上，能看到一种温润、轻松的东西。

长江后浪推前浪。

毕业于上海音乐学院古琴专业的单立，高大结实，如今拥有一串珍珠般的头衔：中国青年斫琴家，青年古琴演奏家，扬州广陵琴社理事，扬州工学院艺术设计学院古琴社指导老师，扬州艺术品行业协会十大领军人物，南风古琴艺术（扬州）有限公司总经理。

他自幼受父亲影响熏陶，喜爱古琴并学习古琴，至今习琴十余年，启蒙于广陵派国家级传承人马维衡老师。考入上海音乐学院后，跟随戴树红教授、戴微教授学习古琴。毕业后，到著名古琴家马杰老师门下进修，先后受教于中国多位著名琴家。

如果说单卫林向历史的深处走得很远，年轻的单立则向未来开始迈步。他有他的优势，年轻，科班出身，经过了系统而科学的音乐训练。与父亲一样的是，他也醉心于传承并弘扬古琴文化。上海音乐厅、扬州音乐厅如果有记忆，一定会记得单立在这里举办过古琴演奏会。台湾辅仁大学、武汉大学向他发出邀请，他欣然前往，与师生们交流古琴音乐、古琴文化。在日本、在希腊，他演奏、交流，让东方更加了解东方，让西方倾听东方。

世界很大，琴声很远。

"最难忘的是，在意大利罗马音乐学院交流，在佛罗伦萨威尔第歌剧院演奏古琴。"单立回忆道。

坐在佛罗伦萨圣母百花大教堂门口的巷子里，眼前的建筑，几百年来从未改变。它们是静止的音乐，凝固的音符。喝着咖啡，想象文艺复兴时期诸多音乐大师、文学大师曾在这里停留过，来自东方古国、弹奏着古老乐器的单立，内心激动不已。

"任何能与音乐相伴终身的人，都已经得到了上帝给予的最大恩赐。"记不得是谁说过这句话，但这句话给了单立启示。

　　和父亲一样，单立也擅长斫琴，他手斫的古琴荣获了中国（杭州）工艺美术精品博览会暨"神工杯"创意设计制作大赛的金奖和银奖。这，对单立是个很大的鼓励。以前，他多多少少地认为自己还被笼罩在父亲的光环里。

　　2023 年 8 月，"南风杯"国际古琴大赛颁奖典礼暨古琴名家音乐会于新加坡华乐团音乐厅举办。著名旅德古琴家李蓬蓬、单立的老师马杰都奉上了精彩表演。而单卫林、单立父子也前往参加了盛会，并赞助八万元的古琴一床。

　　单卫林的孙女、单立的女儿六岁，正在学习钢琴。"我打算让孙女十二岁学古琴。儿子，你说呢？"单卫林问单立。

　　"去新加坡前，我要带爱人去一趟大连，陪孙女看海去，我还要回东北一趟，去看看小时候生活过的地方。"单卫林这一连串的安排，日程丰富紧凑，让我听出了他对家庭的极其重视。

　　雨稍歇，与"南风"告别。

　　刚出大门，一回首，"南风"两个字，在白墙绿树的映衬下，鲜红，耀眼。

　　我想，耀眼，既来自自身，又关乎背景。古琴的耀眼，除了本身的魅力外，还有中华几千年的深厚文化做背景。而单家父子的耀眼，除了古琴文化的背景，还有他们的奋斗，他们的专注……

飞阅运河

他们的行迹和姿态，正是一幅精妙无比的中国山水画，更是一篇激荡人心的时代创业史——是艺术，也是历史。

"生在运河边，长在运河边。对江苏省淮安市摄影家协会副主席、淮安市航拍摄影家协会副主席兼秘书长贺敬华来说，流淌的大运河早已融入生活。拍运河更是成了他生活的重要组成部分，他用镜头定格了关于运河的一个又一个瞬间。16 年来，他为运河拍了超 10 万张照片。他的作品，为大家呈现了一个生机勃勃、秀雅隽美的大运河淮安段。"2022 年 6 月 27 日，光明日报公众号的一篇推文吸引了我。

那篇题为《他用 16 年时间，为大运河拍了 10 万多张照片》的推文，我看了好几遍。可是，我怎么找到文中的摄影师贺敬华呢？

一个城市，文艺名人就那么几个，总能找得到的。世界上，可恶的人有，可爱的人更多；无趣的人有，有意思的灵魂更多。

2022 年 6 月 28 日，我联系上淮安的朱月娥女士，请她帮忙查找贺敬华的联系方式。朱女士和我有同窗之谊，我俩曾是江苏省作家协会报告文学培训班的同学。她很快帮我找到了贺老师的电话。我试着用电话号码加他为微信好友，他通过了验证。从他的朋友圈得知，他正在苏州出差。

美国著名摄影师伊莫金·坎宁安曾说过这么一段话："你问，我最喜欢自己的哪一张作品？我明天要拍的那一张。"

想必，贺敬华对此是认同的。

2023 年元旦，他打开电脑，对刚刚过去的 2022 年进行了一次盘点。这一年，他的无人机起飞近 1000 架次，拍摄了 11.36 万个影像文件。

365 天，他的小飞机平均每天起飞 2.74 次，拍下 300 多张照片。

练曲者，曲不离口；练拳者，拳不离手；捕捉光影者，快门不离手。

贺敬华最喜欢自己的哪一张作品？

贺敬华会给出什么样的答案？

他每天都在拍摄，春节假期也不例外。翻看他的朋友圈，你就知道了什么叫作"下一张"，什么才是业余摄影师的忙碌。

2023 年 1 月 21 日，虎年除夕夜，他拍摄了《夜色多美好》，拍摄地是淮安生态新城。兔年初一晚上，他发出了一组照片，拍摄于江苏淮安里运河畔。

大年初二，是出嫁的女儿"回娘家"的日子，也是他最为繁忙的一天。先去"御码头"拍摄，在路上堵了一个小时，接着去淮安大桥，在狂风到来时飞行已基本结束，而这并不是他一天工作的结束。看到长深高速车辆很多，出现了拥堵，他在朋友圈提醒人们"出行请提前查一下路况"。

大年初三下午，他出现在里运河文化景区，拍摄了河下长巷和里运河双塔，也抓拍到了美食爱好者的身影。

大年初四，他的朋友圈画风突变，出现了一片绿色，那是涟水湖湿地公园。贺敬华为读者写下了文字说明：1月25日，成群的野鸭在涟水湖湿地中觅食栖息。涟水县因地制宜，在盐河畔打造占地2.4平方公里的人与自然和谐共融的涟水湖湿地公园，成为改善生态环境和水源地可持续利用的城市"生态绿肺"。

大年初五，他继续拍摄春运，记录春运，镜头瞄准淮安大桥和车辆情况。

大年初六，拍春运，顺便拍摄运河，在今日头条发了视频，题为《江苏淮安：大年初六高速公路迎春运返程高峰》。同一天，《经济日报》发表图片新闻，图片说明如下："1月26日，在长深高速江苏省淮安市段，车辆在缓慢行驶。当日是农历正月初五，春运迎来返程高峰。"最后，注明摄影者是贺敬华。

如果说过去让人安心，那么未来总是让人期待。他的好作品永远是"明天要拍的那一张"，他喜欢的作品永远是"明天要拍的那一张"。

大年初三的傍晚，我们按照事先的约定，在淮安迎宾馆见面。时值"四九"，又遇上大降温，天寒地冻。我们缩在宾馆大堂的玻璃门后，不时向外探看。一辆 TANK 疾驰而至，下来一位中等身材的中年男子。他热情地招呼我们上车，几分钟后，我们已经来到了淮安的里运河文化景区。

华灯初上，寒风凛冽，我们沿着河边漫步，说着"人生若只如初见"，对里运河，对贺敬华。

贺敬华 1969 年出生于洪泽湖畔，对水有种天生的了解和亲近。1998 年，他买了第一部相机，从此便与摄影相伴相生，如同运河和城市结下不解之缘。因为爱好摄影，他的人生字典里便剔除了"无聊"两个字，每天早晚都会带着相机在淮安城四处逛逛、到处拍拍。2016 年，他开始进行航拍，无人机陪着他走遍了淮安运河沿线和附近的山川河流，视野由此打开。

贺敬华不是专业的摄影师，他是朝九晚五的上班族，而摄影是他的业余爱好，且是唯一的。这个"业余"爱好，成为他的"专业"，超越他的"专职"，带给他极大的满足感和安宁感。

早年生活工作于洪泽湖边的贺敬华，2006年才从洪泽县调至淮安市工作。当他开始用镜头为运河淮安段"树碑立传"，他和运河也就开启了互相成全的美妙模式，他和淮安也就拥有了相互塑造的难得机遇。

"淮安，以前叫淮阴，是江苏省辖地级市，又是全国文明城市、国家历史文化名城、国家园林城市，这个城市很包容，也很温和。"贺敬华的寥寥数语，就让我们感受到了贺敬华对淮安的感情。

"淮安地处中国南北分界线'秦岭—淮河'线上，坐落于古淮河与京杭大运河交点，中国第四大淡水湖洪泽湖就在淮安境内。"走进小巧的"清江浦 运河情"展览馆，看到那里写着"清江浦旧时被誉为'九省通衢'之地"。

对摄影来说，淮安的地理位置是"地利"，淮安的悠久历史是"天时"。对一个人来说，如果历史和地理是"天时""地利"，那么他的勤奋不就是"人和"吗？

贺敬华说："淮安有两千二百多年建城史，曾是漕运枢纽、盐运要冲，历史上与苏州、杭州、扬州并称运河沿线的四大都市，是南船北马交汇的地方，也是有名的'中国运河之都'——到前面咱们就能看到这些标识。"

"你看，咱们就站在这里。"站在御码头石碑前，贺敬华指点着地图对我们说。面对河面，他指着中洲岛给我们看，方便我们了解里运河。

里运河，淮安的家家户户都知道它的芳名；里运河，全国各地的游客也都懂得它的壮观。

穿城而过的运河，为何取名里运河？

它北接中运河，南过长江接江南运河，因在里下河地区西侧，俗名里河，但人们都习惯于里运河这个称呼。再者，它北至淮阴，南至扬州，所以也被叫作"淮扬运河"。

里运河北起淮阴水利枢纽，南端原来在瓜洲古渡，中华人民共和国成立后，里运河绕开扬州市区，偏东开新道，自扬州市邗江区六圩流入长江。

我们跟着贺敬华往前走，看到了御碑亭，"绩奏安澜"碑出现在眼前。乾隆五年（1740年）二月二十五日，乾隆钦赐河道总督高斌"绩奏安澜"四个字，并勒石为碑。走过"南船北马舍舟登陆"处，抬头就见"运都胜境"的牌坊，金碧辉煌，阔达轩敞。过了牌坊，若飞桥和清江闸出现了。

凛冽的风裹挟着低温扑面而来，寒气鼓荡着水汽，水汽裹挟着寒气，令人手足麻木面目麻木，但依然没能阻止我的想象——康熙和乾隆祖孙两代六下江南时龙舟是怎样经过清江浦的，历代百姓的油盐酱醋茶是如何经若飞桥发散到南北东西中的。

"桥面并不高，过不了大船。"听着贺敬华的介绍，看着桥洞和闸口，我点了点头，思古之幽变得更为切实可信，原来，几层高的大船根本无法从这里通过，影视剧的展现"高于生活"。

继续向前，古运河两岸的仿古建筑交相辉映，桨声灯影里的美食城别有情趣——水上一片黄金，水里一片金黄；水上一群贤人，水面一群仙人。"有水，就是不一样，怎么看都好看。"贺敬华说他下午到过这里，镜头里的风光和夜景不同。

我们惊诧于贺敬华对里运河景区的熟悉程度。他说，只要有时间，他就要来里运河，晴天来雨天来，白天来夜晚来，拍彩虹拍雾霭，拍人物拍风物。原来，他下午到里运河来，并不是为了迎接我们而"踩点"，更不是春节期间的"到此一游"，而是无数次"到访"中最普通的一次。

这样的意境，让我想到了古画中的"访友"，那是一定要有亭台楼阁、寒林野鸦的，且要临水而建，临水而居。

这样的场景，映在镜头里，也刻进了脑海里。一张张照片，截取了无尽时间长河中的一瞬，摄取了无垠空间里的一方，抓取了纷繁生活中的一角。

清江浦记忆馆、淮安戏曲博物馆、淮安名人馆、清江浦楼、陈（瑄）潘（季驯）二公祠（大运河名人馆）、国师塔、名人故居……即便是匆匆走过，你也能感受到浓烈的地方文化气息、浓厚的运河文化特征和浓郁的生态园林特点；即便是走马观花，你也能体会到号称运河之都、伟人故里、文化名城和戏曲之乡的淮安名不虚传。

地处五河交汇之处的淮安，自春秋时期开始，就成为南北水陆交通的关键点。历经两千余年，淮安的交通枢纽地位稳固不变，自然水系或人工运道的变迁似乎都与它无关。纵观中国运河的发展史，无论东西走向的唐宋运河还是南北走向的明清运河，淮河以北的河段始终以淮安为转轴，作为运河城市的淮安长盛不衰。

淮安的稳与固，令人震惊。一方水土养一方人，被运河滋养着的江苏人，又塑造着什么样的运河精神？

艺术大师罗丹说，生活中从不缺少美，而是缺少发现美的眼睛。摄影作为一门艺术，是发现并留住美的一次次努力。一个摄影师的思考和感受、记录和表达，所传递的不正是美的力量吗？

大丰。一望无际的黄海滩涂。阳光穿透云层，在滩涂上投射出一个明亮的光圈。水草丰茂，小溪清澈，一群麋鹿正以如扇的队形，蹚过倒映着蓝天的溪水，奔向远方。这画面，似静——万物静于这一刻，阳光，鹿群，空气，水草；这画面，似动——水在流动，鹿在跑动，太阳在移动，地球在转动。动和静，在这一刻和谐着、平衡着。

作品名叫《红海滩上的麋鹿》，拍摄于 2022 年 9 月，在"行走华夏，拍无止镜"摄影大赛第三期"航拍中国"中获得金奖。

2017 年，贺敬华到盐城去拍摄麋鹿，那是第一次拍生态照片，效果非常好，作品获得了江苏省全域旅游大赛一等奖。盐城黄海湿地世界自然遗产地，成为他每年必去的拍摄地。几年时间，贺敬华就去过盐城十四五趟，他选择不同的季节去，每次拍到的湿地都不一样，每次拍摄的作品均得以发表或获奖。

洪泽湖。千百艘渔船挤在一处，密密麻麻，五彩斑斓。这些待拆解的大小渔船，曾是湖上渔民靠水吃水的生计。"十年禁渔"的计划甫一实施，渔民们纷纷弃船登岸。这是一张航拍照片，贺敬华以"上帝视角"观察记录了这一时刻。

作为从小生活在洪泽湖边的摄影师，他熟悉这些船，这些人，这种生活，这种情感。他也曾记录过湖上千帆竞发、百舸争流的壮观。现在，是一个新的时代，镜头里的景象变了：渔民上了岸，洪泽湖没有船只，只剩下水天一色的浩渺。也不遗憾。之前白帆点点的情景、水上运动会的情景，都定格在照片中；而渔民结婚的场景、小孩子站在船上望向岸边的场景，也都历历在目。

一个时刻有一个时刻的感悟，一个时代有一个时代的觉悟。现在，他的镜头里融入了他对禁渔的理解，对自然的珍重。2022 年 8 月 25 日，第八届中国无人机影像大赛揭晓，贺敬华的作品《洪泽湖十年禁渔后的待拆解船只》，进入图片单幅类十佳作品之列。

淮安。京杭大运河，开阔的水面泛着点点金光。两岸是广袤的田野，远处高桥如虹，运河在这里逶迤成"之"字形。一列拖船满载煤炭，从远处驶来，行驶在如镜的水面上，如在"之"字上留下了浓重的一笔。

里运河边曾有个废弃的纱厂，因无人问津，爬山虎成了"主角"，造就了一片绿意。2016 年，贺敬华在纱厂拍摄了一组照片，一经发出，就引起了淮安人满满的回忆。

里运河。这里有国家运河文化公园，仿古建筑沿两岸分布，是文庙，是御碑，是石闸，是牌坊。是传统的吆喝，传统的小吃，传统的灯笼，传统的招牌。这是近景。

远景是现代化的道路，现代化的厂房，现代化的商厦，现代化的霓虹。他努力在镜头里将传统和现代交汇、融合。一种视觉上的和心理上的反差，形成了美的张力。这种张力，同样产生于光和影之间、方和圆之间、直和弯之间、红和绿之间。

千年河道未改，两岸风景在变。从前冒着黑烟的烟囱，不见了；从前遍布湖面的渔船，不见了；从前商船上晾晒的衣服，不见了。许多东西消失在深邃的镜头里，也消失在历史的幽暗处。一些新的东西闯进来了，高架桥，高速路，高高的楼，高高的桁架车，叠得高高的集装箱。以前没有集装箱，没有高楼大厦，现在有了，密密麻麻很震撼。镜头里的风物，如幻灯片一样快速闪过。

这是时代。这是进步。

运河畔杨柳依依，运河上碧波荡漾，古老的运河精神焕发。贺敬华的拍摄也进入了新时代——摄影器材更新换代，而器材带来的变化，最明显的是无人机。无人机把贺敬华的眼和心都提升到了一个前所未有的高度，视野变得广阔，镜头变得广阔。

无人机是可以任意移动的相机，为摄影师的创作带来了便利。无人机飞手都喜爱拍摄城市风光照片，贺敬华也不例外，以京杭大运河为主要题材拍摄了大量的运河城市风光图片，但他本人更喜欢人文类图片的航拍，因为人文类图片与城市风光类作品最大的区别就是，画面的唯一性和不可复制性——你永远不知道下一张会出现什么——这，给了摄影者无穷的推动力和创造力。

他不仅喜爱盐城的黄海湿地公园，也青睐宿迁的洪泽湖湿地。印象特别深刻的瞬间，是在如东小洋口。那里的海滩，土很厚，草很绿，给人沙漠绿洲的感觉。从高处看，自然纹理美得令人窒息。

摄影人也有"飞天梦"，无人机帮贺敬华实现了自己的飞天愿望，可以不再做"爬楼党"，但贺敬华有自己的坚持，为了拍出更好的照片，他依然会"爬楼"。与"爬楼党"的高画质、多镜头及稳定性相比，无人机拍摄会有较大出入。

在日常拍摄时，他还遇到过无人机炸机。六年的无人机拍摄有过两次炸机，都是被同伴的无人机给撞下来的。今年春节在淮安大桥拍摄时，他也是特别担心无人机炸机。

无人机，有长焦，能拍五公里，而他有一次用了五十五张照片拼接成一张京杭大运河流经淮安的长图。他给我看了这张照片，桥梁、河流、民居分布其上。最多的一天，仅成品照片就有二百多张；拍回来，还要忙活几个小时，照片、视频都要兼顾着。

虽然实现了"飞天梦"，但贺敬华说他走得并不远。除了大丰的麋鹿、如东的小洋口，他还到过东台条子泥——因其港汊形似条状而得名，也到射阳拍过丹顶鹤——那里曾经有过美丽的传说。

年复一年的拍摄，日复一日的拍摄，他有了自己的经验：拍里运河要选择时间，要看有无朝霞和晚霞，是否下过雨，还要选择有活动的时候，比如戏曲表演和美食活动，这样既有新鲜感，也有新闻性。

很多人虽然喜欢生态摄影，但不是喜欢就能拍到好的作品，普通器材拍不了，上班的人时间也不允许。贺敬华羡慕北京的一个程姓朋友，走遍了全国三十几个运河城市，每到一地都在那里住一个月，深入了解当地，拍摄了很多好照片。他因为工作走不了太远，但也有自己的节奏和方法。时间上，他把周末和节假日都用上；空间上，自从2006年到淮安工作，他走过了大街小巷，很多地方连本地人都没去过。

对贺敬华来说，记录是一种态度。他的起点并不高，但实现了自己的梦想。这，是他的态度使然，也是他高度的必然。

他在金融单位工作，摄影技术全靠自学。怎么办？无非订阅和借阅。《中国摄影报》《人民摄影》《华夏地理》等报刊，都是他无声的老师，他从中学习了不少摄影技巧并能用到实际创作中去。拍摄多了，经验有了，就想写写摄影创作方面的体会，这些"运河拍摄秘籍"在《中国摄影报》《人民摄影》发表后，就有人慕名而来，想拜师学艺，所以他也会举办摄影知识或技能的培训活动，和大家一起切磋交流。

"不知不觉，格局就大了。我坚持新闻和艺术摄影同步走，风光和人文图片兼顾拍。"贺敬华说。

说到作品，贺敬华说他从事摄影创作二十多年，在国内外获奖的作品超过千张，发表的就更多了，超过万张。

提起签约，贺敬华说出了一串媒体：新华社、视觉中国、中新社、光明网、《人民日报》、《新华日报》……

关于获奖，贺敬华说他 2017 年去盐城拍摄麋鹿，作品获得江苏省全域旅游大赛一等奖，奖金是一万元。在全国自然生态比赛中获得一等奖，奖金五千元。第一次用数码相机，是《新民晚报》奖励的。参加日本的尼康摄影大赛，获得二等奖，奖品是价值六千元的镜头。这些奖金都用到购买摄影器材上了，加起来花费了二三十万元。

说起第一次从取景器里看世界，贺敬华记忆犹新。那是朋友的相机，他拿到手里，不知为什么，感觉就像遇到了多年的朋友，不舍得放下。很快，他咬牙买了一台自己的相机。那台相机三千多元钱，用掉了他一年多的工资。

从此，贺敬华开始了看世界的另一种方式。我们，也跟着贺敬华的镜头，走过了总督漕运公署、河下古镇、淮安船闸、五河口、清口枢纽、洪泽湖大堤。我们，也跟着贺敬华的脚步，打开了一个全新的世界，走进了百里画廊百年画廊，徜徉于千里长廊千年长河——运河在我们眼前铺开，时缓时急，时宽时窄，有前世今生，有经纬纵横，有过惊心动魄，有过安逸祥和，写过灾难深重，写过华章几重。

　　"如今，里运河文化长廊清江浦景区、御码头运河文化旅游中心入选全省第二批省级夜间文化和旅游消费集聚区，淮安大运河夜景游航线被交通运输部评为全国五十条水路旅游精品航线之一，是全国唯一入选的大运河特色文化游项目。"百里画廊中的里运河，位于淮安市区，不知在贺敬华的镜头里出现了多少次，而贺敬华，也不知在里运河的注目下出现了多少次。

　　从里运河文化景区回来，贺敬华提到淮安正在打造"百里画廊"。

　　2022 年 1 月初，围绕"江苏大运河文化带精华空间、美丽淮安高质量建设示范区、大运河沿线最美旅游目的地"定位，推动大运河文化带国家战略落地转化，再现"壮丽东南第一州"的繁华盛景，淮安大运河百里画廊建设翻开了新篇章。如今，这幅长约一百二十五公里的幸福画卷，正渐次铺展——东起淮安船闸，经里运河、京杭大运河至五河口，向南串联起二河、洪泽湖大堤、蒋坝、马坝、官滩、老子山镇龟山村。

关于百里长廊，官方的表述是从东往西，贺敬华却从西边说起，那是他所熟悉的方向：从盱眙淮河（古运河）开始，经洪泽湖到淮河入海口，到淮阴区五河口（桥梁架在五条河上），进入市区里运河，接着是淮安区的水上立交（上面是运河，下面是苏北灌溉总渠）。

和我们说着这些的贺敬华，笃定，踏实，没有任何夸张的言行。

如果说女子是水做的骨肉，那么贺敬华就是大运河畔的一棵树；如果说海上钢琴师选择岿然不动，用固守沉船打动人心，那么水上摄影师贺敬华就像他跨过的大江大河，以流动获取充沛活力。

回程。高速公路两旁，树木沉默而淡然，如同画中的寒林，是写意也是写实。贺敬华和里运河，如影随形，相伴相生，他们的行迹和姿态，正是一幅精妙无比的中国山水画，更是一篇激荡人心的时代创业史——是艺术，也是历史。

无疑，贺敬华的人生经历启迪了我。只是，打动我的到底是什么？

在河南女作家邵丽的小说《金枝》接近尾声时，远走他乡的周河开对母亲拴妮子说，咱们河南的颍河可是通全世界啊。

我猛然醒悟，原来，天下的水是相通的，如同天下所有的有趣灵魂。

花木自香

白天使用过的农具——剪枝的刀、固定枝条的粗铁丝、水泵、水管、土肥、各种材质的花盆，此刻都安静地各归其位。

在我很小的时候，沭阳这个地方，就已经深深地刻印在脑海里了。

那是 1985 年的夏天。我在连云港动手术，有一位姓徐的病友，他来自沭阳。

刚动完手术的我，有着与稚小年龄和柔弱外表极不相称的刚强。徐姓病友看我每餐吃得很少，就对我母亲说："你不必费心给她买饭了，我们匀一口也够她吃的。"多年以后，手术时的痛感已经随着光阴而远去，而人与人之间的友好却永远记在心中。

后来，我上大学，工作，结婚，生子。有一天回娘家，父亲突然拿出一封信来，字迹却陌生。拆开一看，竟是当年那位徐姓病友写来的，中断了三十多年的联系，重新链接上了。

彼此加了微信之后，我得知，当年的病友，凭着在家乡沭阳学得的园艺，去了广州打工。他的儿子公派留学归来，也在广东东莞找到了一份体面的工作。

因为他，我觉得我对沭阳人有了一份认知：聪明、勤劳、友好。

一个人，能否代表一个地域？

大约是可以的。

沭阳，按照我想当然的思路，应该在沭水之北。

2023 年 8 月 5 日下午，我们从徐州出发，沿着连徐高速一路向东，至新沂枢纽转而南下，走京沪，在接近沭阳县城的时候，车子驶过一条长长的大桥。我想，桥下静静流淌的定是沭河无疑了。

进城后听友人一说，才知道那条大河是新沂河。古老的沭水，已经"瘦"成了城区里的一条小河——小桥，流水，垂柳，人家。

沭阳，按照我们旧时的印象，应该是一个相当贫穷的小县城。后来才知道，这个江苏第一人口大县，早已摆脱了贫困的束缚，成为"苏北第一县"。在 2022 年中国县域经济百强榜上，沭阳列全国第 62 位！

我特意上网搜了一下沭阳县的 GDP：2002 年是 77 亿元，2012 年是 480.5 亿元，2022 年是 1308.4 亿元！三个年份同期对比，宿迁全市分别是 247 亿元、1532.6 亿元、4112 亿元。

一方水土养一方人。一方水土一方花木。

沭阳有"中国花木之乡"和"中国盆景培育基地"之称，其花木栽培始于唐代。

我们的车子驶过颜集、扎下、新河等乡镇，沿途所见，是一排一排的花木大棚，连成片。每一栋大棚都有自己的当家产品，或桂树，或梅树，或月季，或蔷薇，或紫薇，或枇杷，或雪松，或凌霄，或罗汉松，或广玉兰……

作家阿来在散文集《西高地行记》中提到贡嘎山的一株"康定木兰"，10多米高的阔叶乔木，生长在海拔2000多米的地方。一个熟悉的名字，一旦和眼前那株陌生的树联系在一起，那株树便是一株熟悉的树了。有了名字的树，就和人有了某种神秘的关联。人是奇怪的生物，认识就有关联，不认识就没有关联。

沭阳的花木，它们都有自己的名字，都有资格与"神秘"的精神和"奇怪"的生物发生关联。我们和沭阳花木似故旧重逢，像老友相见，亲密自然，心也柔软起来。

正值盛夏，花木葳蕤，群花吐艳，空气里弥漫着花木的幽香。这里南距淮河不足100公里，正是南北气候交汇的地带，南花北迁、北花南移，都以此地为中转站。

文化因碰撞和交流而产生，花木文化也是如此吧。

一条一条的河流，滋养着这一方土地上的人和花木。新沂河、淮沭河、六塘河、柴南河、柴米河、蔷薇河……还有众多不具名的小河沟，无一不清澈。资料上说，这里土壤的有机质含量平均为 2.02%，速效磷平均为 19.2mg/kg，速效钾平均为 165mg/kg，pH 值平均为 7.8，正可满足各类花木绿植生长所需。

沭阳花木的生产面积占了江苏的 1/5、全国的 5%。当地花木品种有 3000 余种，主要有榉树、海棠、广玉兰、栾树、高杆女贞、樱花、瓜子黄杨、龙柏、桂花、红枫、月季、黑松等，沭阳月季、沭阳地柏、桑墟榆叶梅获批国家地理标志商标（产品）。后来，当地又陆续引进了荷兰蝴蝶兰、比利时杜鹃、日本海棠、中华灯台树、杂交鹅掌楸等 150 余种国内外高档名贵花木。

每天生活在奇花异草中，沭阳人的生活太滋润了。仁者会"乐"山，智者会"乐"水，懂生活的人自然会"乐"花木。并且，沭阳人不愿做"独乐乐者"，他们要把花木卖到全国去、全球去！

感受一下沭阳的变化！农民们曾经拿锄头、拿剪刀的手，现在同时也拿起了鼠标。先是网站、论坛、微博、贴吧，后来是淘宝、天猫、京东、拼多多、1688 等，到今天是抖音、西瓜、快手等直播、短视频，花木销售的路子越来越多，也越走越宽。

想象一下沭阳的速度！平均每秒钟就有15件花木快递从沭阳出发，奔向全国各地，进入公园的绿地、温馨的家庭、庄重的会场、忙碌的公司……

　　惊叹一下沭阳的规模！198万人口的沭阳县，在网上有4万家花木绿植店。全县花木种植面积60万亩，从业人员约35万人，全年卖出240亿元花木，电商占了一半。《2021年淘宝直播新经济报告》显示，全国花卉网上销售额，1/3归沭阳。沭阳有16个淘宝镇、104个淘宝村，是全国最大的农产品淘宝村集群。

　　点赞一下沭阳的荣耀！全国首批电子商务进农村综合示范县，有沭阳！全国县域数字农业农村发展先进县，有沭阳！农产品数字化全国百强县，还有沭阳！

　　进得沭阳城来，大街宽敞，大树蔽日，大河穿城。

　　车子驶入沭阳花木大世界。十数个钢架大棚，分隔出许多的商户。夕阳西下，一个中年男子正提着水管给他的大型盆景浇水。那些盆景以柏、松居多，造型奇特高古，间或也有一两盆榆树桩子盆景。

　　老板一边浇水一边和我聊天。

　　"这些盆景不怕水，喜户外光线充足，因此只能在室外装置。

"通常去安徽、山东、浙江等地收购老的树桩，然后回来经过细心科学的调养，使之生出新的枝芽来，再塑形、剪枝、修叶。"

问及从何处学来这一门手艺，那中年男子笑了："你肯定不是我们这儿的人，但凡我们这儿的人，哪有不知道的？我们的手艺都是家传的，有的一家三四代都是从事这行当的，哪有需要到外面去学的道理？"

水流喷溅，在夕阳下竟出现了一道细细的彩虹。我突然注意到有的柏树盆景，树干一半是白的，一半是赭色的。老板说："舍利干。"什么意思？原来，白的那一部分是枯死了的。

"是自然枯死的吗？"

"有的是。"

天然形成的"舍利干"，是树木受风吹雷劈、砍伐践踏、虫蛀蚁咬等外在因素的影响，部分树体死亡，形成枯荣互见、生死相依的局面。最初是日本盆景界把树木上死而不朽的树干称为"舍利干"，把那些死而不朽的树枝称为"神枝"，他们认为这里面蕴含了一种佛教思想。原本枯死的枝干，成为具有精神永恒、不朽等积极意义的象征。

人工造就的"舍利干"，必须选择健康、无病虫害、树势旺盛的盆景桩材，经过构图确定水线、神枝制作、去皮粗雕、细节精雕、毛刺打磨、防护六个步骤进行处理。"舍利干"和"神枝"的制作过程如同给人做一台大手术，如果"体质"不够强，做完"手术"不仅恢复得慢，还有可能将整个树桩拖垮。因此这些步骤需要分期分批进行，比如春天的时候先做好水线，秋天的时候做舍利雕刻，来年再制作神枝。这样，桩材就会有充足的时间来恢复。

另一家店铺门前，小巧的茉莉花正散发着醉人的香气。白色的花朵迎着金色夕阳，如镶金边。形好，色好，味道好。色声香味触法，六根无法清净。

我的眼睛眯了起来，抬头迎接夕阳。我听到茉莉在说话，用她馥郁的香气，洁白的花朵，翠绿的叶片。

被茉莉花香包裹的这一刻，琐事从我身上脱落，烦恼也从世俗中剥离，压力失去了重量，动力没有了意义。而我，没有了名字。

临河小巷，寻一处馆子，大大的店招上写着"小城故事"。进去点几样干锅小炒，一律齁咸，幸好豆腐卷和稀饭尚能果腹。

饭后，临河而立，亦未见有风拂来。

夜幕降临了，分散在各处的灯火陆续亮起来，一盏一盏的——在村庄里，在农户家中，在一栋一栋的大棚里。

井上靖在《孔子》中说："眺望桑梓掌起万家灯火，即是如此，世间至为奢侈者，莫此为甚。"如果一个沭阳的少年郎十多年后回忆起故乡，那乡间如同繁星一般的万家灯火，应该是最动人的记忆吧。

　　白天使用过的农具——剪枝的刀、固定枝条的粗铁丝、水泵、水管、土肥、各种材质的花盆，此刻都安静地各归其位。

　　现在登台的是新农具——数十台手机、电脑、网络路由器、记号笔、胶带、包装箱。

　　没有人再愿意像他们的祖辈那样，天一黑就早早地沉醉到梦乡里，去做一场关于发财的空梦。

　　行动，比梦想更接近财富。

　　乡村的忙碌，其实从夜幕低垂之前就开始了——选好当天晚上要直播的各类盆栽，一一编号，标价。

　　夜直播即将开始。

　　是时间颠倒了沭阳的乡村，还是沭阳的乡村颠倒了时光？千百年来，这块土地上的农民和中华大地上的所有农民一样，日出而作，日落而息。如今，他们最忙碌的时候通常始于午后，直至深夜。白天忙生产，晚上忙生意。网上的生意得凑着城里人的作息规律——白天忙碌，晚上购物。

　　所以，一根网线让城市带动了乡村的改变——作息、

花木自香

生意、财富和幸福。

"各位花友，这个小刺柏是 35 年的老桩，树干苍劲古朴，叶色翠绿。喜欢的小伙伴赶紧下单……"

这天晚上，在沭阳县扎下镇"艺森园"盆景直播基地，数十名花木电商主播将本来还算宽敞的直播厅挤得水泄不通。他们正通过"矩阵直播"与粉丝互动，售卖"沭派盆景"。

上午一场突如其来的暴雨，丝毫没有影响到当晚的直播。

直播间里，喊价声此起彼伏。不一会儿，这盆小刺柏以 3500 元的价格成交。

中国人历来善于从山水、树木那里获得精神上的滋养，以梅兰竹菊来标示自己的品格和情趣。盆景，将奇山异水和奇花异草收纳于一盆之中，缩地成寸，由小见大。置于几、供于案，常常赏玩，大有身未动心已远的效果。元人刘敏中在《鹊桥仙·盆梅》中写道："孤根如寄，高标自整。坐上西湖风景。几回误作杏花看，被梦里、香魂唤省。薰炉茶灶，春闲书永。不似霜清月冷。从今更爱短檠灯，夜夜看。"

《浒以秋兰一盆为供》，是宋人戴复古写的一首诗，内有"移根自岩壑，归我几案间。养之以水石，副之以小山。

俨如对益友，朝夕共盘桓。清香可呼吸，薰我老肺肝"的句子。这"立体的画"和"无声的诗"，是文人雅士的标配，是中国人的精神栖所。

今天，随着种植技术的改进和百姓生活水平的提高，盆景进入了越来越多的寻常人家。由此，一个新的行业暴发了。

胡道中是沭阳县新河镇人，父辈就种花养木。受他们影响，他走上社会之后也开始卖花，从租赁 15 亩地种植花苗起家，从事花木销售已有 20 多年，与花木结为了生命共同体。积累了丰富的种植经验后，他又到中国农业大学园林专业深造一番，逐渐成为行业里面的"大哥大"。

新艺园林于 2004 年注册。2018 年，胡道中投资 1.2 亿元，新建了扎下"艺森园"盆景造型基地，专注于花卉生产销售、景观造型研发，以及园林绿化工程的规划、设计、施工与技术服务。

"艺森园"盆景直播基地就设在总面积 3 万平方米的温室大棚里。高大的钢结构大棚下，成排成行的，是大大小小的盆景，主要有小叶女贞、榔榆、对节白蜡三个树种。大棚顶上，悬挂着一句标语："坚持守正创新 用好乡土人才"。胡道中说，这是江苏省委书记信长星今年来这里调研时提出的要求——胡道中正是省委组织部、省人社厅等九部门联合评出的乡土人才"三带"名人。

"我这里有 10 多位园林工人，他们负责盆景的造型。"

小叶女贞和榔榆，因为从毛坯造型开始，至今已有八九个年头，现在都是亭亭如盖、婀娜多姿的艺术品，看不出一点人工的痕迹。传统造型的小叶女贞，多是三弯云片一顶式，规规矩矩的。这里的小叶女贞，在一个或者两个树干上，不再是四平八稳规规矩矩的云片，而像是奔腾的骏马，伸出很长的一个大飘枝。整个造型，由于多了一两个延伸出去的飘枝，因而更显得气势磅礴，张力十足。

"以前搞直播，只是由一位主播出镜售卖。后来，我们首创矩阵直播，每场直播邀请 50 余位主播过来。这样就融合了拍卖与直播带货的优势，激活了直播间的人气，又让盆景卖得了更好的价钱。"胡道中介绍说。

紧挨着大棚的，是一溜平房，那是基地的培训中心。在这里，一批又一批习惯了拿剪刀修剪盆景的人，也越来越熟练地打开了直播的软件，掌握了直播的话术，开始面对镜头推销自己的盆景。

初秋的一个早上，一辆大巴开进来，在门口停住，几十个年轻人轻快地跳下车来，奔向教室。

一场跨境电商培训开课了。培训师的课件投射在屏幕上：

虽然东南亚各国商品需求不尽相同，但是中国卖家已经从实战当中摸索出一些选品方法，比如中国卖家在选品上，会通过各大平台的热门商品搜索、目标市场的本土化视角挖掘品类上的商机，利用社交媒体和社群了解流行趋势。我们的卖家对东南亚各国的整个市场、整个用户，在商品上有哪些偏好已经有一定的研究。东南亚商品的平均客单价，在 17 到 62 美元区之间，销量最大的产品主要在 25 美元以下。阿里巴巴的国际站、独立站等，也在这个市场中起到比较积极的作用。东南亚的跨境电商市场，最初级的卖货和尝试阶段已经过去了，现在已经进入到打造产品力、精细化运营的新阶段。线上购物受到很多因素的影响，但 value for money，高性价比才会在这个市场中走得更远。

授人以鱼，不如授人以渔。现在，胡道中带领着一群渴望财富的年轻人，将眼光投向了更远更大的市场。具有了世界眼光和市场嗅觉的年轻人，将把沭阳花木带向一个何其庞大的国际市场！

"今年行情怎么样？"

花木自香

"还好。"

"你这里一年销售能有多少？"

"一般吧，也就五六千万。"

"将来会不会让孩子也做这个？"

"随缘。老大今年刚考上大学，扬州大学。"

"扬州大学好啊，农学专业很棒的。"

"他学的是商务管理。"

"我就是从苗圃种植、花木销售做起的，特别知道诚信经营比金子更可贵。如果只是为了赚取利润，就损害了自己的信誉，这种事情我不会去做的。"慢慢地，胡道中积累了很多生意上的伙伴，许多人最后都成了老朋友。

胡道中有两个孩子，老二明年也将参加高考。我想，有这样一片基地，有如此能干的父亲，有当地浓郁的花木文化，孩子们将来何愁出路？

夜幕下，网络上的直播人声鼎沸、热闹异常。而在沭阳县新河镇周圈村，一处乡间的大园子——胡家花园里，花木不言，暗自幽香，仿佛对这一切早已知悉。

胡家花园又称周圈花园。据《沭阳县志》记载，周圈花园于明代嘉靖年间由胡琏获得并扩建。当时倭寇猖獗，为使祖居不受侵犯，胡琏亲手绘制了八卦图，并因势取景，将龙形水脉的新挑河作为环宅的水系，让族人按图建造村舍。

知道胡琏的人并不多，但是胡琏的外甥几乎是无人不知。他就是明代小说家吴承恩。吴承恩第一次来到胡家花园便觉惊艳——舅舅家桃红柳绿，鸟语花香，白天逛园看戏，晚上饮酒作诗，真有点乐不思蜀了。

胡琏多次对吴承恩讲起唐三藏赴天竺取经的故事，劝外甥要心无旁骛专心治学。吴承恩深受启发，立志潜心创作，写出了名作《西游记》。从花果山到山阳（今淮安楚州区），吴承恩往返都要经过胡家花园，赞誉胡家花园为"长淮名门第一"。

胡家花园还有着"一门三进士"的美誉。"一门三进士"说的是胡氏家族重教兴文、人才辈出，特别是明朝时期祖孙三代连续考中进士，声名远播。胡家花园就是由第一位进士、抗倭英雄胡琏兴建的，后经胡琏后人不断扩建，特别是同样高中进士、曾为康熙老师的胡简敬，在康熙初年回乡守孝，大修亭台楼阁，广植奇花异草，并带回康熙御赐的地柏盆景"卧牛望月"。

当地作家吕述谡向我们介绍了"卧牛望月"的珍贵之处：御赐，由康熙皇帝赐予老师胡简敬带回；久远，据考证在全国也是年代最久远的地柏盆景之一；玄妙，造型似卧牛，有头有尾，更奇特的是每逢月圆之时，在月光下形成卧牛回首望月之影，被世人称奇，十分难得；意深，勤勉孺子牛，世代福泽深；技绝，渔网扣的盘扎技艺已属中国盆景造型技术的巅峰，盆景整体有较大云片 60 多个，每个云片又有近 40 个菱形方孔，片片交映，孔孔相连，形似蜂窝，又如渔网。只要你的手指轻碰盆景的任何一处，它就会全身晃动，正所谓"一抖全身抖，一扔铜钱掉"。不信？你可以试试。

胡家花园正厅，叫三进堂，是胡家会客之处，采用传统的四合院结构，中间是中堂，悬挂着"学配中胜"匾额，两边的对联是"四世贤科继武，一邦文献司盟"，据说是吴承恩撰联，赞誉胡琏是优秀的教育家和文人。正厅东墙挂春夏秋冬主题的四幅瓷画，落款是"辛卯年刘为本作于珠山"。辛卯年是新中国成立初期的 1951 年，珠山就在以瓷闻名的景德镇，惜刘为本并不在"珠山八友"之列。

走过回廊，就是镇园之宝的"二龙戏珠"。这株落地盆景的最大特点是古、奇、祥。古，历史悠久，已有近 200 年历史，是"沭派盆景"最古老的源起；奇，是造型奇巧，两条龙约两米多长，仅由一根树桩修剪而成，形态栩栩如生；祥，是寓意吉祥，鼓励后人发奋读书，跃龙门、登皇榜。

流连于花园内，戏台、厅堂、水榭，无不空寂。花草树木，无不葱茏。门楣上的"德清安怀"牌匾，门框上的"八音分别宫商韵，一代都存雅正声"的对联，墙壁上的"胡氏家族功名榜"，无不荣耀。

徜徉其间，如入画境，也如入梦中。一个名叫阿尔玛的女植物学家，突然出现在我脑海中。

阿尔玛，是小说《万物的签名》的女主人公，一辈子热爱苔藓，热衷于研究苔藓——这个未受重视的类群。阿尔玛的世界和苔藓的世界结合在一起，彼此相叠：一个世界吵闹、庞大、快速，显而易见；另一个世界则安静、微小、缓慢，深不可测。

"阿尔玛抬起头来，看见眼前的东西——更多这样的巨石，多得数不清，同样长满苔藓，却又稍有差异。她觉得自己越来越喘不过气来。这是整个世界。这比世界还大。这是苍穹宇宙，这是透过赫歇尔的大型望远镜看到的景象，广阔浩瀚。这些是古老、未经探索的星系，在她的眼前滚动——通通都在这里！"作者与书中人物一样，对植物充满了激情，"阿尔玛把手指埋入短短的绿色软毛中，感觉到一种突如其来的欢乐的期待。这个世界可以属于她！"

看着地上细细密密的苔藓，我的快乐和期待与阿尔玛的重叠了。

临出花园，抬头偶见一树凌霄，耸立十数米高，红花耀目。想起李笠翁说凌霄："藤花之可敬者，莫若凌霄，然望之如天际真人，卒急不能招致，是可敬亦可恨也！欲得此花，必先蓄奇石古木以待，不则无所依附而不生，生亦不大。"

倚势而上的英雄，岂止凌霄？

高耸而艳的美人，岂止凌霄？

得知我们要去沭阳采风，几乎当地所有的朋友都向我们推荐了"90后"的李敏。

李敏是谁？上网一搜，我们惊奇地发现她头顶着一串串闪耀的光环：党的二十大代表、十四届全国人大代表、全国巾帼建功标兵、省市劳动模范、"江苏省五四青年奖章"获得者、江苏好人。她目前还是沭阳县新河镇双荡村党支部副书记。

不过，在电商平台上，她广为人知的身份是花木电商主播，昵称为"花乡维纳斯"。

2023年8月6日，立秋前的一个周日，我们见到了李敏和她的女儿，在沭阳城里一家叫作"老滋味"的饭店里。几个人围桌团团坐定，李敏带着女儿匆匆来到，带来一阵美丽的风。

李敏的女儿和妈妈一样俊俏开朗，大眼睛、白皮肤、长辫子、甜笑容。母女俩都穿着淡绿色的衣裙，点缀着白色的小花朵，田园风格，清爽怡人。

生活在花木葱茏的环境里，人也如花娇媚。

李敏的女儿不怕人，拿起饮料杯子慢慢喝起来，嘴里说着"女孩就要优雅"。刚上小学一年级的她，说自己也有直播名字，就叫"千与千寻"，这与她妈妈的美誉"花乡维纳斯"有某种内在的联系——从内心出发，向外寻求某种东西。"千与千寻"爱跳舞，虽然在新河镇上小学，但她的世界已经不小，那天下午她要到县城中心的中央商场表演舞蹈。

"这孩子是个'社牛'。"李敏对孩子的爱，在眼神和笑容里可以看得到。

等孩子坐到一旁去写作业，李敏含着笑开始讲述自己，语气是平和的，眼神是平静的。

我们家兄弟姊妹3个，我是老大。7岁那年，一场车祸让我失去了左小臂。

我是那种野蛮生长型的孩子。对于我的事，父母都让我自己做决定。2009年去盐城读大学的时候，我一个人拖着行李就去了学校。

想不到吧，我能把双杠玩得那么好！（李敏打开自己的抖音，有一条她在双杠上翻飞的视频，如

大河
奋楫
246

花木自香

燕子一般轻盈）

　　我功课好，待人好，班里的事情、学校的事情我都积极地去干。老师认可我，同学善待我。大三那年，我光荣地加入了中国共产党。

　　我在盐城纺织职业技术学院（今更名为盐城工业职业技术学院）学的是服装设计专业。我认为自己聪明，有悟性，成绩和毕业设计的作品都不错，怀着满满的自信，开始找工作。可是，别人哪管这些呢？他们一看我来了，就说"对不起，我们不需要你这样的"，根本不看我的东西，就打发我出门了。

　　只能回家。

　　那是2012年6月，酷热的天气里，我的心里拔凉拔凉的。

　　百无聊赖的日子，特别苦闷。"我能干什么？"白天，我一遍遍地问自己；晚上，我还是一遍遍地问自己。母亲怕我在家憋坏了，就对我说："你别老待在家里啊，出去找同学玩儿去吧。"

　　我就去找同学玩。可是，同学们都有自己的生活和事业，我越看他们越是着急。一天，我听说一个高中时的同班同学开了一家网店，卖自家的花木盆景。我就去了。同学告诉我，这生意好做，网上开个店，啥成本没有，关键是货还出得快。

别人能干，我也能干。我简单向她打听了一下怎么开网店就回家了。

我在淘宝上注册了一个网店，给自己起了个网名"木子的秘密花园"。上宝贝，拍图片，装修店铺，咱一步步地来。

可是，网店开起来后，连着好多天都没接到一个订单。这刚燃烧起来的创业激情，就被迎头浇了一盆冷水，人一连几天都蔫不拉几的。

有一天，村支书听说了这个情况就找到我，说县里有免费的电商学习班，可以去学习。我就去了，每天都提前走进教室，老师在台上讲，我在下面认真记，生怕漏了一个字、错了一道程序。

培训结业了。网店又重新开张了。我想，这下应该可以了。可是，命运似乎一心想要考验我折磨我，一连好几天，仍然没有一笔生意。有时候，我明明听到电脑里传来一声"叮咚"，可是并没有人下单。

父亲安慰我："做生意，开头都是这样，没有关系的。坚持就是胜利！"

是的，坚持就是胜利。我有着服装设计的专业底子，就把这种优势发挥到花木带货中，讲出来的东西自然与别人不一样。慢慢地，生意来了，生意好了。

　　从淘宝店到后来的快手店、抖音店，我的网店越开越多、越开越好。有好几个店都达到了"皇冠"级别，百合的销售一度跑进了全网前十。

　　现在，我的网店平均每天成交600多单，一年的销售额差不多在100万元。进货、拍照、上图、跟客户沟通、包装、送货，都是我一个人。

　　你知道的，像月季、玫瑰花之类的花木，都带着很多的刺，忙的时候我五个手指有四个都是针眼。要做成一件事，有人靠关系，有人靠能力，有人靠意志。

　　直播的优势就是顾客可以在直播中现场选款。每一株花或植物都是不一样的，我们一物一拍，打上标签发货，客户所见即所得。也有客户反映收到的货物看起来比镜头里面的小一些。后来，我就在产品旁边摆放一个参照物，让客户有更加直观的感受。

　　有些客户想要购买反季节的植物，但因为这些植物长期生长在大棚里，客户买回去之后可能不太好养活，对此我们会如实进行提醒，让客户自己拿主意。

也遇到过客户不满意的情况。每一次，我都耐心细致地解释，用自己的真诚挽留住每一个客户，让他们对我的服务满意，对我的产品放心。

过去，我常问自己"我能做什么"；现在，我也经常问自己，问题变成了"我能为家乡做什么"。

我不再是过去那个有点自卑的女孩了。对于受伤的胳膊，我不刻意隐瞒，也不故意展示。是什么样就是什么样，别人接受不接受是他们的事，我自己接受自己。

有人建议我把头发剪短。为什么要把头发剪短？长发很好看啊，可能打理起来不是太方便，但是我现在单手也能梳理它，扎成辫子。（李敏又向我展示了她抖音里的一条短视频，她熟练地将头发梳理整齐，扎了个松松的马尾辫。）

当然也有心情不好的时候。照照镜子，笑一笑，好像心情也没有那么沮丧了。

"欢迎新进来的花友！这株小叶赤楠是50年的老桩，

耐寒性特别好。你看，花盆里长的小草都没有拔掉，盆泥上还长了好多苔藓，喜欢的小伙伴赶紧下单。"在新河镇双荡村公益直播基地，李敏正忙得不亦乐乎。

2021年底，李敏来到新河镇双荡村，担任双荡村党总支副书记。

双荡村靠销售花木成了远近闻名的"中国淘宝村"。这个村有300多年的花木种植历史，全村3000余亩土地全种上了花木。

可是，在2016年以前，双荡还是个有名的穷村子。双荡的穷，不仅本地人深受其苦，外乡人也深有体会。地处偏僻，交通不便，种了那么多的花木，却卖不出去，也卖不上价。

后来，县里修了一条虞姬大道，正好从村子边经过。正所谓大路带动了致富，双荡的花木销售有起色了。

为了帮助老百姓彻底摆脱贫困，2017年，双荡建成了电商扶贫驿站，从人才、技术、资金、资源等方面全面入手孵化农民电商，建立起电商扶贫长效机制。

村里的大喇叭响了，是李敏的声音。

"针对大家不会电商的实际情况，今天上午十点，我们在村里的电商直播间为大家免费带货，请大家赶紧把自家的小盆景送过来。"话音刚落，一辆辆电动三轮车满载着一盆盆盆景，从各家各户驶向了村部。

直播开始了，一位老人被李敏拉到了镜头前："大爷，你给大家说说你这个花篮是怎么设计的。"

公益直播，为全村不会上网、不会带货的花农们免费上网推销花木。李敏认定，共同富裕的路上，他们不能缺席。

"大家来看一看，这是一棵'四季桂'。'四季桂'四季开花，花色淡雅，香味扑鼻，可以用来做香囊、泡茶喝。家有一盆，既能观赏，又能养生。"李敏的声音，朴实、自然，让客户踏实，也让乡亲们认可。

"当初家里穷，外出打工也没赚到钱。2016年，我和妻子琢磨回家开淘宝店，在网上卖盆景、绿植，后来在村里参加了电商培训，店铺生意慢慢好起来，现在正常每年能赚几十万元，家里盖起了两层楼房，买了轿车，还在县城买了100多平方米的商品房。"曾经的低收入户胡大哥说。

"我们经常在群里发县里或镇村举办电商培训的通知，希望帮助更多的人通过电商创业走上致富路。村民们学习网络销售知识，不用缴纳任何费用。"李敏说，目前，双荡村做电商的有360多家，做直播的有120多人，带动村民从事包装、客服、快递等就业的有860多人。

在一条授课的视频里，李敏从灯光布置开始，一一安排摄像、场景等事项，然后用心地给自己化个妆。她用一只手转动手中的小型盆景，告诉学员们如何变换角度去展示商品的美丽。

"培训的讲师，包括我自己和其他一些'新村干'，也包括一些做得比较好的电商户。"李敏介绍。

双荡村有一处古栗林生态公园，盛夏里，浓荫蔽日、鸟鸣嘤嘤。斑驳的古树、盘结的老根、茂密的树干……处处清新养眼，宛若人间仙境。

生态公园占地近500亩，有百年以上树龄的古栗树1000余株。公园里不定期举办乡戏、花展、直播、骑行大赛、露营活动，成为远近闻名的乡村特色旅游地。城里人特别喜欢这里，他们到这里摘板栗、钓鱼，有些家长还带来帐篷和孩子一起露营，有的老师也带上成群的学生来这里研学。

在双荡村山荡新型社区项目现场，工人们正在烈日下赶工期。这个项目，涉及667户农房改造，新房子是江淮民居风格，灰瓦白墙，木门木窗。到底是花木之乡，村边的小公园做得很漂亮，丝毫不输城里常见的"口袋公园"。

艳阳高照，月季吐芳，玫瑰争妍，松柏滴翠。离居住区不远，就是一排排的花木大棚。花农们正在田垄间打理着花枝——没有比鲜花和笑容互相辉映的场景更能打动人的了。

除了鲜花和笑容，也没有任何一个词可以形容村民们的幸福。

道别，目送李敏离开。

我突发奇想，在美丽富裕的双荡村奋斗着的她，不正是这大地上一盏风姿绰约、精神饱满的盆景吗？

"舍利干。"对，是她，就是她！

花木自香

永遠一兵

一个地理标志从此在黄河大堤上筑就，一处文化地标也不期然地矗立在徐州上下五千年的历史中。这，就是黄楼。

朋友圈里，作家熊培云的一篇文章吸引了我。文中，他问道："个人如何改变社会？"这话听起来有些雄心难掩的意味，因为作者断定"个人可以而且能够改造社会"。对于我们而言，一年或一生奋斗的价值，恰恰体现于挑战的严峻和苦难的分量上，以及在此基础上激发出的雄心和力量。芸芸众生，谁不期望生活于其中的世界更加完美？

　　2020 年，在那些隔绝的日子里，可以平心静气地读书自省。我们读日本作家井上靖的《孔子》，对，就是那本被誉为"历史小说明珠"的书。"无所谓贵贱，无所谓贫富，这是凡为世人皆可获致的宁静的福分，更无任何足可替代的欢悦。无须尽力，无须操作，只须默然眺望故里燃起万家灯火就行了。"这是井上靖笔下的孔子，"眺望乡里陆陆续续亮起灯火，应是人世有限的福分之一。"

　　四季运行无阻，万物生长无碍，老天何曾说过什么？老天什么也不说啊。我喜欢发散性阅读，循着这个线索，找到了孔子的原话："天何言哉？四时行焉，百物生焉，天何言哉？"

这让我想起新年伊始读过的那本《天平之甍》。天平之甍，是鉴真和尚在日本的美誉，意指他是日本天平时代的屋脊。鉴真六次东渡，冒着偷渡的嫌疑、失明的风险，不是被海浪冲到海南岛就是被恶人挡住走不了。第六次，历经千难万险，他终于成功东渡，却也最终客死他乡。

"人生如逆旅，我亦是行人。"那天晚上，和山东文友说起苏轼的这句诗。是的，对人生和生命的思考，对古人与古文的学习，让我们的生命多了内涵，深了认知。和古人神交，又何尝不是和今人深交？正如纪元挡不住时间，距离其实也割不断空间。

今天，因为对抗命运，多少或平凡或英勇的人行走在同一"逆旅"上。我们是行人，一个，一个。我们看灯火，一盏，一盏。

那些逆行者当中，就有我们的抗洪英雄序守文。而那盏盏灯火，就由序守文这样的人为我们点亮。

序守文，国家电网沛县供电公司的一名普通员工。他以实际行动告诉我们，个人可以而且能够改造社会；他以自身经历告诉我们，个人可以温暖并照亮周围环境。

退伍回乡后的他，1998 年和 2020 年两度返回"第二故乡"江西九江，义无反顾地投入到抗洪抢险的战斗中，让一个士兵的精神和力量，在急难险重的关键时刻一次次迸发。

从这个意义上说，序守文，一个曾经的兵，也将永远是一个兵！

1998 年夏天，长江流域遭遇历史上罕见的特大洪灾，九江段大堤突然出现决口，滔滔洪水迅速向市区漫延……英雄的人民子弟兵与广大干部群众一道，同洪水展开了殊死搏斗。

每一天，电视里都有洪水肆虐的镜头、官兵抗洪的画面。退伍回到沛县仅半年的序守文心急如焚，喝茶茶不甜，吃饭饭不香。官兵们用生命和鲜血保卫九江、保护大堤的壮举，更让他热血沸腾，眼前浮现出在九江的三年美好时光。

从常情上来说，九江是他的第二故乡。对序守文个人来说，故乡是不分第一第二的，九江就是他的故乡。

何为故乡？

那是你曾经生活过的所在，是你心中丰茂而柔软的地方。你在那里流过汗水流过泪水，你在那里拼命过努力过，开怀大笑过或号啕大哭过。那里的一街一巷，一草一木，一人一事，一问一答，都让你感到无比的亲近、莫名的贴合。甚至，那里每一天的天气情况，都会让你牵肠挂肚。

草木葱茏、芦荻摇荡、江水拍岸、百姓善良……除享有"三江之口，七省通衢"的名号外，九江还拥有一个美誉——天下"眉目之地"。

水势浩渺，百川归海。九江，也是包容之地、吸纳之地，浩浩荡荡的长江流经这里，与鄱阳湖汇合，和赣鄂皖三省的河流汇集。"浟浟江势阔，雨开浔阳秋。驿门是高岸，望尽黄芦洲。"唐代大诗人王昌龄过九江口写下的诗句，至今仍吟诵着历史风云。而那古老的江水，仍孜孜不倦地记录着当代英雄的丰功伟绩。

1994年12月，序守文应征入伍，从江苏沛县来到武警九江支队浔阳中队服役。从此，古城九江的街头巷尾，多了一个年轻的沛县小伙子。

三年军营生活，足够序守文熟悉这座江边古城的街巷人情，爱上粉蒸肉、茶饼等小吃，听懂那里的方言俚语；三年军营生活，更让序守文知道了抗洪抢险的危难重重，懂得了人民生命财产大于一切的现实意义。

故乡，寄存着我们的过往，是我们的来处。故乡，收藏着我们的希望，也是我们的归宿。1997年，怀着对第二故乡的眷恋，序守文退伍回到了家乡沛县。而"九江"两个字，早已嵌入他的生命里、血肉中，无论走到哪里，都难以磨灭。

思念一个地方，就连那里的板凳都令人断肠；思念一个地方，总有相同的东西架起桥梁。微山湖和大运河，甚至乡村的小河小沟，总是让序守文想到九江。

走在沛县的土地上，想起长江边的九江，合情合理。沛县因古有"沛泽"而得名，"沛者，草木之蔽茂，禽兽之所蔽匿也"。古时，沛县水脉交错、河川纵横，厚土大野、林木苍莽，传承泗水文明，沟通河济淮江。

不知为什么，序守文想起了多年前徐州一位女作家讲过的故事。

1488 年，也就是明朝弘治元年，一个名叫崔溥的朝鲜官员在海上乘船，不幸遭遇暴风袭击，从朝鲜济州岛漂到中国浙江台州府临海县地界。崔溥回国后，用一周时间写出了日记体游记《漂海录》，记录那段惊心动魄的海上漂流、沿着中国大运河北上回国的历程。

"这个名叫崔溥的人和咱徐州有关，也和大运河有关。他从新沂钟吾驿出发，经吕梁大洪，过徐州和沛县。"女作家的话，响在序守文耳边，挥之不去。

"守文，吃饭了。"母亲一声招呼，打断了他的回忆和遐思。饭桌上，序守文把筷子拿起来，夹了菜，却不往嘴里放。终于，他鼓足勇气，说出了自己的想法——赶回九江，和战友们一起保卫江堤。母亲一听，一声不吭地放下了手中的筷子，转身进了房间。父亲看着儿子，神情陡然凝重起来。孩子在九江当了三年兵，抗了三年洪，哪一次不是面临着生死考验？现在，孩子回到家乡才半年，好不容易调整好了身体，如今又要重返抗洪战场，做父母的怎么舍得？

酷热难当，母亲的啜泣声让序守文不忍说话。他打开电视，指着屏幕上的抗洪镜头对父亲说："这就是九江，是我摸爬滚打的地方，是我三年青春的见证。这就是九江，是我入伍当兵的地方，是我牵肠挂肚的第二故乡。此刻，我应该回到抗洪抢险的队伍中去。如果不去，我觉得自己就像一个逃兵，我感到是一种耻辱！"

老父亲沉默着，一家人沉默着。突然，门打开了，母亲含着泪从房间走出来，牵住序守文的手。"那一刻，我感受到母亲的手在颤抖。从小到大，母亲无数次牵过我的手，但这一次与以往不同，我能深深感受到她内心的紧张沉重。"序守文回忆道，"母亲虽然疼爱我，但总是成全我。"

老父亲从衣柜里找出了叠得方方正正的作战训练服，对序守文说："穿上它，你还是一个兵！"深明大义的父母把序守文送到沛县汽车站，序守文向父母鞠了一躬，登车而去。

从沛县赶到南京，序守文发现，长江水大封航，他无法乘船抵达九江。于是，他先坐火车到南昌，再坐汽车到九江。8月2日中午，他终于出现在战友们面前。战友们惊喜万分，高呼"老班长回来了"，跑过来和他握手拥抱。望着疲惫不堪的战友们，序守文说："我在这里当兵三年，每年都会参加抗洪抢险，有一定的经验，这次回来，就是为了参加抗洪抢险。"

当天下午三点，顾不得旅途劳累，序守文和战友们跳上军车，直奔赛城湖而去。他们连续奋战十三个小时，抢运土石八百多立方米，将两千余米的危险堤段加固加高，保住了大堤。回到营区后，序守文的肩膀肿了，手磨破了，两条腿像灌了铅似的沉重。

8月4日晚上九点，部队接到汛情：江洲镇围堤决口，四点三万群众受困水中。序守文和战友们驾着冲锋舟，火速赶往灾区，一家家搜索，一趟趟来回，把受灾群众转移到安全地带。

深夜零点左右，由于水深浪急，再加上水下障碍物太多，序守文乘坐的冲锋舟翻入江中，官兵和群众全部落水。借着救生衣的浮力，序守文静静地躺在水中"随波逐流"。他知道，只有尽可能地保存体力，才有希望熬到天亮。

序守文漂在江面上，救生衣和身上的衣服也被水流冲掉，他不知道自己身在何处，也不知道当时是几时几分。周围的水声放大了夜的寂静，无边，无助。

恍惚中，他看到了童年的自己，那个结实的男孩子正和小伙伴们一起奔向河沟池塘，是游泳也是洗澡，是纳凉也是娱乐。

"我会死吗？"这个念头突然冒了出来，把他自己吓了一跳，"我不能死，我不是为死而来的。为了父母，为了战友，我一定要活着回去！"黑暗中，他牢牢抓住了一棵柳树的枝条……

天渐渐亮了，浑浊奔涌的江水与灰黑沉默的天空连成一片。序守文看到江边人影走动，便大声疾呼起来。终于，人们把他救上了岸。后来，战友告诉他，他这一漂就是八公里，历时五个小时。

8月16日，序守文因高烧不退住进了陆军171医院。可他人在医院心在大堤，高烧一退，就偷偷从医院跑出来，回到部队参加抗洪抢险。

半个月的时间，他参加抢险十五次，解救群众一百六十人。想到这里，序守文笑了，与一个个获救的生命相比，自己受的那些罪算个什么啊！救人最要紧，救人才踏实。

序守文重返军营参与抗洪的事迹经中央电视台报道后，一批又一批热血青年慕名来到武警九江支队，报名参加抗洪抢险。退伍的战士同放暑假的大学生一道，来到抗洪一线，与序守文并肩战斗。8月19日，一支以序守文名字命名的特别抗洪抢险班正式成立，"序守文班"的旗帜飘扬在长江大堤上，序守文本人也成为了一面旗帜。

1998 年 10 月，北京召开抗洪表彰大会，序守文被授予抗洪先进个人称号，受到党和国家领导人的亲切接见。采访者蜂拥而来，序守文的话朴实无华："我做了微不足道的一点小事，党和人民却给了我无上的荣誉，这让我惴惴不安，今后，唯有努力工作，才能报答国家和人民。"

"人不能两次踏进同一条河流"，这是古希腊哲学家赫拉克利特说的一个哲学命题。可是，在现实生活中，在突如其来的洪涝灾害面前，两次扑进同一条江水中，拼尽全身力气抢救人民群众的生命财产，却是一名战士的抉择和光荣。

2020 年 6 月以来，多轮强降水给江西九江等地再次造成了洪涝灾害。眼看着九江水位一次次超过警戒线，序守文又一次坐不住了，他决心再次回到九江，再次"踏进同一条江里"，和战友们一起抗击洪水。

出发之前，他与妻子马晶有一番对话：

"我得去九江一趟。"

"你怎么又要去九江？"

"你没看见吗？那里正在发大水，九江快撑不住了。"

"你单兵一人，去了找谁啊？"

"我不是单兵一人。只要有党旗在，就一定会有组织在，我去找组织！"

"不行，我不让你去，那里太危险了，上次你去那里差点都回不来了。"

"不会有危险的，你放心，我向你保证。上次别人救了我，我现在不能看着他们身陷危险之中而无动于衷。"

"那行，你去吧。放心吧，家里有我呢！"噙着泪水，马晶松口了。眼前的这个人啊，总是"明知山有虎，偏向虎山行"。

放假在家的儿子，看着父亲鬓角的白发说："老子英雄儿好汉，我要和爸爸一起去，我在大学参加过军训，也有军人的模样。"序守文为有这样的儿子骄傲，但是抗洪不是儿戏，他让儿子留下来照顾好妈妈和妹妹。

从妻子那里拿到"通行证"的序守文，顾不得替她擦去眼角的泪珠，马上找来一张纸，郑重地写下了"请战书"：

尊敬的党组织：

我是武警江西省总队九江支队的一名退役军人，1998年全国发生百年不遇的洪涝灾害时，我毅然返回我的第二故乡九江，加入了抗洪救灾的大军中，贡献了自己的一份绵薄之力。

近日，从各类媒体中得知，九江正遭受着更加严重的洪涝灾害，湖口、彭泽更是十分危急，已转移数千群众。鄱阳湖险情更是时有发生，多处出现洪水漫堤、水下塌方等险情，九江人民的生命和财产正受到严重的威胁，防汛工作万分紧急。作为一名共产党员、一名退伍军人，党和部队的教育让我始终坚信，责任和使命促使我要到抗洪最前线，我（要随）部队的战友一起贡献自己的一份力量。

因此，我向党组织请战，请求加入抗洪救灾的一线队伍，不怕牺牲，不怕困难，为了人民的生命和财产，愿付出一切！

申请人　序守文

2020 年 7 月 15 日

267

第二天一早，怀揣着"请战书"，序守文找到国家电网沛县供电公司总经理助理张修善，说要请公休假到九江去参加抗洪抢险。

"请战书"拿在手里，张修善不能不犹豫。让不让他去、到底怎么去，以及如何保证他的安全，一系列问题接踵而来。不过，张修善也很清楚，劝是劝不了的，拦是拦不住的，序守文的那句"若有战，召必回"，他太熟悉了。

沛县公司迅速把这一情况报告给徐州供电公司。徐州供电公司党委认为，徐州供电员工既是文明的企业人，又是文明的社会人，序守文有战必回、有险必救、有难必克的举动，正是"国电人"价值观的最好体现，正是"人民电业为人民"的生动实践。公司决定，不能让序守文一个人去，必须让他带着救灾物资出发，让他带着徐州供电人的爱心和激励出征！

以迅雷不及掩耳之势，徐州供电公司募集了六万余元善款和一千余套生活用品，并安排好了车辆。7月17日晚六点，要出发了。看着装了满满一大车的袜子、香皂、牙膏等生活用品，序守文激动不已。

经过九百多公里的长途跋涉，次日上午八点十分，序守文到达九江市江洲镇。当年并肩抗洪的老班长罗满，现在已是武警九江支队的支队长。虽然事前已经电话联系过，乍一见面，罗满还是吃惊了：往日英气逼人的序守文如今已是白发点点，眼睛周围满是细密的皱纹，身材也有些发福。不过，罗满知道，序守文这一次是抱着不获全胜绝不收兵的决心来的。

为了不打扰部队抗洪，序守文找到一家学校落脚。人多、校小，连吃饭的地方都没有。人生地不熟的，他们就去找老乡，老乡家的厨房在一楼，也被淹了。又累又饿时，他们找到了一个姓董的师傅，董师傅把他们安排到队部，那里竟然有空调可用，还能洗澡，真是想都不敢想。他们买了张席子，用凳子拼在一起，睡了一觉。董师傅让老婆做饭，让他们吃了顿饱饭。

7月19日早晨，序守文赶赴江洲镇北岸加固堤防。四面环江的江洲镇，举行过马拉松比赛，只是北岸堤防比南岸低约两米，是汛情最危险的地方。一路上，雨一直在下。江面水宽，岸树没顶，满眼帐篷，红旗猎猎，人来人往。他们坐了半小时的渡船，来到坝上。

"我一登岸，就看到了九江供电公司共产党员服务队的党旗。看到党旗，我浑身都是力量。有党旗在的地方，就令人安心。"序守文对我说这话时，眼睛突然亮了起来，我的眼睛也跟着亮起来——他的话点亮了我。

和"00后"新兵一起战斗，序守文那张中年人的面孔特别显眼。休息间隙，年轻的战士亲切地喊他"老班长"，序守文则对年轻的战士掏心窝子："这里是我的第二故乡，我心里放不下它。"

序守文和部队官兵们一起，装沙袋、扛沙袋，来来回回地奔跑。这次，他发现自己体力有点跟不上了。来不及感慨，顾不上心疼自己，因为那些小战士太让序守文心疼了。他们都是十八九、二十来岁的小伙子，平时在家都是"小王子"，如今，迷彩服"湿了干，干了湿"，身上的水泡就跟烫了似的。

洪峰如沸，来得很快，一下子就超过了警戒线。半个月后，水位开始下降，第二波洪峰再来时，江堤已经加高加固，洪水不会再造成威胁了。序守文放下心来，和同事一道踏上了回乡的路。

黄河故道从徐州穿城而过。黄河南路，两边的梧桐树高大繁茂，为行人撑起巨大的遮阳伞，也为车辆拱起一条绿色的"隧道"。驶出"隧道"，便是黄楼。

序守文多次从黄楼经过。以前只知道这里是徐州的一处名胜，是北宋时期徐州太守苏轼庆祝抗洪胜利的地方。这一次经过，在序守文的心中，黄楼有了不一样的意义，苏轼有了更加令人景仰的力量。

序守文的内心渐渐放松下来，九江洪水激起的"内心洪峰"悄然消退。苏轼在徐州当地方官时抗过洪，离开徐州时和二次抗洪归来的序守文差不多年纪。刹那间，序守文与九百多年前的地方官苏轼亲密起来，和"土实胜水"的黄楼贴近了一步。

苏轼来徐州时，四十岁出头，正值壮年。壮年，算得上人生最美好的时光，没有了青春期的迷茫与冲动，老年的颓废与消极也暂未来到。进可攻，退可守。从苏轼一生的曲线来看，徐州是他主政一方、展示施政能力的开始。

北宋熙宁十年（1077年），苏轼履职徐州不久，一场大水袭击了这座古老的城池。由于徐州"冈岭四合"的地形地势，大水被围困在城中久久不能泄出，富人们已经收拾好金银细软准备逃离了。苏轼站在城门之下，带着连日奔波的疲惫——他不是为富人们送行的，而是力劝他们留下。他说："我不走，你们最好也不要走。"没有威逼，没有胁迫，只有真诚，富人们不走了。留住了这一拨儿人，苏轼又向驻军求援，恳请军队投入眼下的抗洪抢险。指挥官虽不懂得"军民团结如一人，试看天下谁能敌"的道理，但是耳闻目睹苏轼亲身抗洪的努力后，欣然决定出兵抢险。

　　这一次大水，改变了徐州。一个地理标志从此在黄河大堤上筑就，一处文化地标也不期然地矗立在徐州上下五千年的历史中。这，就是黄楼。

　　黄河水魔终被降伏，是一城百姓的幸事，也是文坛文人的盛事。

　　水退民安。苏轼在黄河岸边的高堤上筑起黄楼，垩以黄土，取"土实胜水"之意。元丰元年（1078年）重阳节，盛大的落成典礼在这里举行，楼上摆酒设宴，全城万人空巷。苏轼面对如此场景，怎能不感慨万分？他写下《九日黄楼作》。

　　水去民幸。全城百姓和闻讯赶来的文人举额同庆："众客释然而笑，颓然就醉，河倾月堕，携扶而出。"弟弟苏辙一挥而就《黄楼赋并叙》，抒写"适为彭城守"的哥哥"息汹汹于群动，听川流之荡潏"的惊心动魄。

"黄楼高十丈，下建五丈旗。楚山以为城，泗水以为池。"苏轼在《太虚以黄楼赋见寄作诗为谢》中把这一景致写得精确。站在黄楼上，极目四望，一座城池尽收眼底，而在全城的任何一处地方，也都能望见这座颜色鲜黄的高楼。

对，就是要这种彼此看得见的风景，就像苏轼在时间的长河里，能看得到所有的人，包括序守文，包括序守文的同事。而所有的人，也都能看得到他。

直到自己过了"知天命"之年，我才知道苏轼"千里共婵娟"所表现的不仅是一种空间距离，还有一种时间距离和感情距离。这个距离，可以称之为"千年共婵娟"。"婵娟"，代表的就是宁静、美好，指向的就是宁静、美好的生活。

九百多年前的高邮人秦观，毫不隐藏自己对另一个男人的崇拜，"我独不愿万户侯，惟愿一识苏徐州"，他专程跑到徐州来见苏轼，并应邀参加了黄楼落成庆典。

对苏轼的崇拜，序守文和我一样，我们和秦观一样。时空距离，割不断感情延绵和精神吸引。

我也曾久久地盯着一份地图，标注苏轼为官的足迹。从开封而杭州，从杭州而密州，从密州而徐州，再湖州，再黄州，又常州、登州、杭州、开封、颍州、扬州、定州、惠州、儋州，最后于常州病故。

看久了，我仿佛看到了一个巨大的问号留在了地图上。这问号，是苏轼一生的浪迹行走。这问号，画在中国大地上，或是对一个人生命价值的巨大疑惑，或是对自身命运的深深拷问。

奥地利作家茨威格曾经历过两次世界大战，只在青年时期度过了一段和平安稳的岁月。后来，他回望那段和平安稳的生活，感慨外面世界发生的事仅仅停留在报纸上，并不会来敲他们的房门。

如果说每个人在成长的过程中都会遇到一次顿悟和觉醒的契机，那么 2020 年，就是整个年轻一代成长的契机，也是序守文们完成使命的一年——勇敢地承担起义不容辞的责任，去见证，去行动，去成全，去升华。

人活着是为了什么？穿上一身军装又意味着什么？重于泰山的是什么活法？轻于鸿毛的是哪样人生？和平年代，我们或许不会面对那么多生死存亡的抉择，但在每一个利益攸关、性命攸关的时刻，每个人又都必须在抉择中亮出自己的答案。

中国，从来不乏负重前行的人。一代人有一代人的担当，一代人有一代人的奋斗，未来，靠的正是今天年轻一代的理想和热血，行动和担当。

汽车驶入沛县地界，"好人沛县欢迎您"的硕大字样令人难忘。近孔孟之乡、受汉风熏染的苏北名城沛县，是汉高祖刘邦的家乡，也是汉文化的发源地，这里民风淳朴，豪迈义气。1977 年 1 月，天寒地冻时节，序守文就出生在这片古道热肠的土地上。

退伍，工作；军营，工地；田野，街巷。序守文总是告诉自己，始终不要忘了自己是一个兵。在军营里，他是一名穿着军装的兵；退伍回乡后，他是一名脱了军装的兵。判断一个人是不是一个兵，最根本的区别不在于穿不穿那一身军装，而在于是不是拥有一颗时刻准备着投入战斗的雄心、一颗时刻将群众安危置于最高位置的初心。

变检工区一班、变电检修班、安监部，这是序守文工作过的部门；普通员工、班长、工区安全员、安全管理专职，这是序守文历经的岗位锻炼。二十二年来，无论在哪个部门，无论在什么岗位，你都能看到序守文军旅生涯所留下的深刻印迹。

你看，他的果敢明朗、奉献担当，是一名军人所具备的素质；他的勤恳谦逊、任劳任怨，是一名军人所具备的作风；他的技术过硬、品质过硬，是一名军人所具备的能力。

他是辨识度很高的男人，时时刻刻，事事处处，你都能从人群中认出他来，那是一名战士独有的风采和气质。

2009年，序守文还是沛县供电公司变电检修工区的普通一员。6月中旬，工区正在进行110千伏周庄变电站的设备安装施工。虽是初夏，天气却奇热，35℃以上的高温持续出现，再加上暴风骤雨不时前来"打扰"，施工进行得异常艰难。

为了赶工期、保质量，施工人员顽强地与酷暑抗争，与时间赛跑。变电站位于开阔的田野里，烈日直射，溽暑如蒸，连凉水都晒热了。近两个月都没回家一次，序守文"热"病了，领导刚刚派同事将他"押"到医院，一转眼，他又揣着药回到了施工现场。

序守文一位王姓同事对我说，有段时间，序守文在龙固北边的湖里工作，为了赶进度，他将刚住进医院没两天的老父亲劝出了院："爸，您的病是慢性病，咱先回家养养吧，等我施工回来了，我再带您到市里大医院仔细检查。"

2011年秋天，110千伏朱寨变电站开始施工时，序守文的母亲正在徐州市第一人民医院进行术前准备。工区负责人建议序守文到医院陪伴母亲，可就连序守文的父亲都这样说："你们工程紧，他留在这也不安心，还是让他去工地吧，我们能理解……"

夜深人静时，序守文辗转难眠。他对自己说，今后，要对父母亲好些，再好些，让老人家安享晚年。可是，一遇到紧急任务，序守文就会丢下年迈的父母，选择坚守岗位，尽管这选择是那么艰难，那么沉重。好在，他有一个贤惠的妻子，还有一对懂事的儿女，替他尽孝，帮他理家。

序守文抗洪经验丰富，工作经验也相当了得。作为检修班副班长的序守文，把检修任务安排得细致详尽。他把检修班分成两个小组，每个小组都由技师、高级工、初级工组成。这样每干完一项工作，技师就直接检验一遍，加上班组、工区、公司的"三级验收"，就有了四道保险，既保证了施工安全，又在实践中锻炼培养了人才。

供电企业成于安全、败于事故。调任安全监察部应急及综合安全管理专职的序守文，深深懂得这个道理。一线岗位安全隐患和死角相对较多，习惯性违章很难杜绝，但他坚决不搞形式上的安全，一切以安全为重，修订了综合安全管理、消防管理、电力设施保护、防灾应急管理制度及预案，并汇编成册，规范和指导安全管理，形成了有力的制度保障体系。

在安全管理中，序守文有一副"铁面孔"；在与同事相处时，他有一副"热心肠"。领导也好，同事也罢，说起序守文，都夸他是"部队培养的硬朗铁汉，国家电网培养的顽强铁军"。

序守文的事迹先后被中央电视台、《人民日报》、新华社和学习强国等媒体报道过。众望所归，2020年10月，序守文获评"中国好人"榜助人为乐好人。

2020年12月11日上午，"国网江苏电力（徐州真旺）共产党员服务队沛县序守文分队"和"国网沛县供电公司樊家树青年志愿者服务队"授旗仪式，在沛县供电公司举行。

在授旗仪式上，沛县县委书记即兴讲了个小细节。在安排工作日程的时候，县委办公室负责人对他说："这么个小活动，您作为一把手书记需要去吗？"县委书记说："对于我这个县委书记来说，还有什么事儿比我们沛县涌现出一个中国好人、涌现了两支优秀的队伍更重要呢？从一定意义上说，涌现一个中国好人、涌现两支优秀队伍，远比开工建设一个重大项目更重要，影响更深远！"

序守文用身躯挡住洪水的事迹，让同事郭保进深受触动，难掩激动之情的他为序守文填了一首《满江红·英雄赞》的词，献给自己身边的榜样：

恰似当年，甲才挂、江河翻滚。洪水虐、飞湍爆流，家国魂牵。命使千帆横万水，所生友悌泪飞冠。那夜深，风冽寂无人，浊浪环。

永远一兵

今又是，情何堪。骋水路，踏江南。越长蛇雷电，敢仁涌关。犹记当年水上飞，一截残柳寄生还。人生见机，达人知命，爱无间。

郭保进说，序守文平时很少说起自己的事迹，并不将之当成炫耀的资本。平日里，他默默无闻，与世无争，不怕吃苦，不怕受累，别人不想干的事他总是冲到前面去，比如春节值班，只要有人请假，他就会顶上去。他替人值班，一次，两次，三次……班组里出现了团结、和谐和真诚的现象，这毫不奇怪。如今回过头来重新认识他，发现他有坚强的家国情怀和英雄主义。英雄人物的出现，来自本性，得自家传。在本性使然的前提下，英雄壮举是派生出的环节。只有三观正确，意志才是坚定的。序守文年轻时用生命作代价去救人，也用坚强的意志去自救。他在洪水中抓过柳树，又到梧桐树上等待救援。他活下来不是贪生，而是"生命第一"的精神。意志和体力是抗洪精神的一部分，职业操守和职业道德也是抗洪精神的一部分。序守文就带着这种精神，来到了电力系统。战地黄花分外香，所以他能"梅开二度"。1998 年，序守文经历了生死考验，二十二年后，他身上的担子叠加了很多，不仅有家庭因素，还存在体力下降的问题，但他视死如归，慷慨赴江，他是二次抗洪，二次赴江。

他是精神上的旗帜，不含糊，很透明。

沛县电力公司的一间会议室里，我一边听着郭保进讲述序守文，一边打量身边的序守文。他中等个头，大大的眼睛，干净利索的发型，不说话时给人的感觉是安静，说话时给人的感觉还是安静。

授旗仪式后，序守文的另一位同事发了一条朋友圈，为序守文和樊家树点赞："微光点点，聚而成炬；累土不辍，丘山崇成。每一个普通的个体，都是一座丰碑的细微落脚。序守文、樊家树，这是一个需要典型的时代，这也是一个产生典型的时代。在面对朝阳的每一个视角的时候，我们是以尊崇的心致敬那些让我们温暖且感动的时刻！"

是啊，在徐州供电系统，每一个人，都是一个发光体，照亮别人，温暖自己。他们，在有限的空间与时间里，活出了自我，也活成了模式，甚至活成了榜样。这模式与榜样，不是他们追求的，而是世人因羡慕而认可，因尊重而认定。

全国抗洪抢险先进个人、江苏省第二届精神文明建设新人新事奖、抗洪模范基干民兵、徐州供电公司安全生产先进个人、徐州市见义勇为先进分子、沛县文明职工、优秀共产党员……序守文的荣誉是长长的一串珍珠，闪着柔和的光泽，藏着艰辛的努力。岁月的积淀会让老白茶散发出浓郁的茶香，时间的推移也会让这份荣誉清单再添新项，这是毫无疑问的。

"我是部队和国网培养的，我对部队和国网心怀感激。"序守文说这话时，我的思绪却飘远了：当个人和单位互相成全时，良性循环、健康发展便是必然。

人们常说，一滴水可以折射出太阳的光辉。从序守文一个人的身上，我看到了徐州供电的一群人——他们的信念，他们的行动，他们的初心，他们的使命。

电，也许是这个世界上最伟大的发明之一，它是温暖和光明的化身，是速度和力量的合体。我相信，序守文的事迹和模范作用，将像电流一样，流向沛县的四面八方，流到徐州的城乡街巷，点亮更多的心灵，带动更多的青春，让"天下兴亡，匹夫有责"的精神深深地融入这片土地，让"一方有难，八方支援"的行动成为这片大地上的一道风景、一股力量、一个传奇。

附录｜一条流经《红楼梦》的大河

古老的文明，总能启迪未来。

今天，大运河摊开了一张"活化"的地图，沿岸中华儿女正深入挖掘以大运河为核心的历史文化资源，奋力书写新时代山乡巨变的壮美篇章。大运河是空间也是时间，既是一个文化符号，又是一种生活方式，延续着农耕时代维持漕运、沟通河海的辉煌，在今天又流淌进现代人的生活和文化之中，沿岸城乡发生着巨变。

"关关雎鸠，在河之洲。"这是《诗经》中的美好"水"生活。因河而兴，在河之"洲"。新时代的奋斗画卷，呈现出"一条大河波浪宽，风吹稻花香两岸"的现实图景。

大运河，两岸香。

高铁时代，我常常想象古人是如何行走在山水中又是怎样退回到家庭里的。小说给了我一些图示：得意与失意、迎亲或远嫁，生辰纲和花石纲，上演过皇家与民间的悲喜剧；蟒袍玉带或告老还乡、金榜题名或名落孙山，徽班进京抑或皇帝下江南，搭建起时间和空间的名利场。

古典文学名著《红楼梦》，和大运河息息相关，"黛玉进京"和"宝玉出家"等情节带出清代康乾盛世的运河风貌。曹雪芹的祖父曹寅的命运，也和大运河紧密相连，明显带有某种隐喻气质。

曹寅，在南京长大，到苏州任职，回南京高就，在南京接驾，于扬州死去。曹寅的生活、工作和学习，基本没离开江苏，而这一切的操控者却在北京——康熙皇帝在那里，曹家的目的地也在北京——织造产品的享用者在那里。

因为担任过苏州织造和江宁织造，又在扬州奉旨刊刻《全唐诗》，且和杭州织造联系紧密，京杭大运河上留下了曹寅的身影。康熙六次南巡，曹寅以江宁织造身份先后接驾四次。1705 年，康熙第五次南巡，曹寅迎来了自己的鼎盛时期，也给子孙留下了无穷后患。皇帝南下，曹寅去迎接，远至鲁南大运河畔鱼台县；皇帝回銮，曹寅去护送，直到江苏运河古镇扬州宝应。

冷子兴为贾雨村"演说"荣国府时，曾提到贾宝玉的一句"名言"："女儿是水做的骨肉，男人是泥做的骨肉。我见了女儿，我便清爽；见了男子，便觉浊臭逼人。"

这里，且不说贾宝玉的话是否荒诞可笑，泥做的男子是否浊臭逼人，只想说说水做的女子，水样的《红楼梦》。

是的，《红楼梦》与大运河息息相关。红学家张云说《红楼梦》是一部以京杭大运河为底色的小说，运河联通了小说南北两个中心，作者采用"以南写北"和"以北隐南"的策略。伏涛则说从运河的视角关注《红楼梦》多少有点尴尬，因为其中的运河书写毕竟都是隐写。

《红楼梦》中的几个女子，从大运河上款款行来。人生若只如初见！甄英莲和林黛玉，分别开启了红楼故事"小荣枯"和"大荣枯"，她们的出发点都是运河城市。英莲从苏州阊门启动"小荣枯"，黛玉从"运河第一城"扬州出发，北上进京，因处理父亲林如海的后事回过一次南方，此后二进荣国府，寄人篱下，直至魂归离恨天。

《红楼梦》的情节推进和人物往来也与运河分不开。结尾处，贾政在金陵安葬贾母后，"行到毗陵驿地方"，乍寒下雪，停泊到一个清净去处，抬头见到宝玉，光头赤脚，似喜似悲。雪影中，披着大红斗篷的宝玉被一僧一道夹住飘然而去，贾政不顾天冷地滑急忙赶去，转过一个小坡，只见白茫茫一片旷野，并无一人。这个极具中国式审美的场景，出现在隐喻意味浓厚的毗陵驿，足以打动每一颗心。

贾宝玉终结了红楼梦，《红楼梦》则终结于毗陵驿。作为开幕地的扬州和苏州，作为终点处的常州，都是运河城市。苏州、扬州名气更大，和杭州、淮安合称"运河四镇"。

当然，《红楼梦》中不断提到的南京，既可以看作运河辐射到的一座城市，也可以视作故事延伸出的一条"运河"，是红楼故事的发源之地和红楼人物的归宿之地。王熙凤的结局就是"哭向金陵事更哀"，贾母、鸳鸯、秦可卿的葬身之处也是金陵。

漫步于南京的梅花山，淡雅梅香一直围着你、追着你。走进花海深处，走进历史的深处。在无影无形、无边无际的暗香中，我想到了妙玉，那位来自苏州玄墓山蟠香寺的美丽尼姑，那位在栊翠庵以梅花雪煮茶款待黛玉、宝钗和贾母的怪癖少女。《红楼梦》中，有一个情节比画好看、比诗蕴藉，那就是宝玉栊翠庵"乞梅"。李纨厌恶妙玉的为人，"罚"小叔子贾宝玉去妙玉那里取一枝来。从宝玉"答应着就要走"来看，宝玉是十分乐意见妙玉、乞红梅的。

大运河，如同大观园和栊翠庵，承载着我们的传统文化和怀古幽思，有琴棋书画和诗酒花茶，有满怀丘壑和红粉青山，有宠臣发迹和文人退思，更有神圣爱情和生死之恋。私家园林，是爱情圣地。在沈园，陆游悼念前妻，追悔莫及；在沧浪亭，沈三白与芸娘琴瑟和谐、情深不寿。如果说《牡丹亭》的杜府花园是杜丽娘寻找真爱、发现自我的空间，那么《红楼梦》的大观园就是众多闺阁女子的世外桃源。

父母双亡、寄人篱下，爱情陨落、生命失落，缘生缘灭、如梦如歌、故乡暌违、他乡难存、青灯孤影、生命救赎……不论是"无事忙"的贾宝玉，还是水做的黛玉、妙玉、香菱，都止步于大观园，在大观园内展示天性、接受命运，就连最孤傲的黛玉也只能发出"天尽头，何处有香丘"的悲鸣和质问。探春是个例外，说过惊世骇俗却无可奈何的一段话："我但凡是个男人，可以出得去，我必早走了，另立一番事业，那时自有我一番道理。"

从苏州出发的妙玉和英莲，从扬州启程的黛玉，在常州毗陵驿告别俗世的宝玉，在扬州瓜洲渡口可能遇劫的妙玉……从来处来，到去处去，生命之河流动不息，"梦"中的运河水自强不息。

大运河，在《红楼梦》中是隐写，而在《续红楼梦新编》里则多为明写。作者海圃主人书写运河经历，人生态度明朗，人物形象新鲜。

"贤之贵，不家食"，续书里的男女主人公，走出大观园，走出荣国府，走到了运河上，走到了大海上。看遍了世界的人，和固守于大观园的人，有着不一样的人生。

续书里的少年贾茂不同于贾宝玉，他爱好山水，考试后北归，也能尽情享受运河风光。"开船到了金山，便叫维舟瓜步，到金、焦二山游了两日方行。""到了扬州，又住了船。时已岁底，欲在平山看了梅花才起身。""真是繁华地方，游人往来不绝。""赏玩了梅花，过灯节才解舟北上。"

贾茂做官后，出封外域，远涉重洋，走的是水路："且说贾茂二人，由直隶、山东到江南界，换了船，到苏州境。""盘桓五六日，吃了三日戏酒，便开船往杭州去。""在广东省内住了十余天，备好了海船，择吉上船。出海口放炮相送。""海口祭了神，候风二日，通城各官辞去，才把船开入大海中来。天色大异，深青大蓝。""行了多半月有余，也不知过了多少海屿。""那日，舟抵一海屿，乃安南外境。"三年后，贾茂完成出使任务，海上航行归国，经杭州、苏州、常州、无锡，到了王家营，起旱回京，与家中亲人团聚。

续书中，贾政告别平庸无能，治理运河，疏通河道。女性人物也有了很大进步，不再和黛玉妙玉"同频""共振"。

你看，最美人间四月天，梅月娥也曾"开船南下"，"闸河水短，粮艘阻滞，一路搁延，直到五月半后方渡黄，由淮河行抵扬州""出瓜洲口，放入大江。那时浩渺烟波，金山在目"。瓜洲古渡，令凭窗远眺的梅月娥"颇畅胸怀"，却迫使苏州人妙玉就范，有条批语说妙玉"红颜固不能不屈从枯骨"，暗示她结局悲惨。

人物的世界开阔，心境自然旷达。"对于贾茂来说已非《红楼梦》中令人心碎的离愁别绪，亦非其他红楼续书中艰难的科举之途，而是潇洒的立功之旅，最佳的旅游线路，甚至是走出国门、往海外行程上的一段，"伏涛在《续红楼梦新编中运河书写的再思考》一文中忍不住赞道，"彰显的是士子新的人生态度与精神追求，透出些许新时代的气息。"

立功之旅，新时代的气息，这些都和《红楼梦》无涉，和黛玉、妙玉、香菱无关，不过，却成了后来者的福音。

建功立业、行走在大运河上的贾政，雅好山水、航行于大海上的贾茂，还会是贾宝玉眼中"浊臭逼人"的"蠹虫"吗？没有答案，也无须答案。

千里江山，目送古老的运河蜿蜒行进。那流动的运河水，为岸边的红梅留影，为时代的旅人画像，洗刷着陈旧，激荡着希望。

孩提时代，甄英莲在苏州过着娇生惯养的幸福日子，却在元宵佳节那天走失。少女时代，梨香院与大观园成为香菱的伊甸园和理想国，度过了一生中难得的诗意岁月。少妇时代，秋菱处境艰难，生命救赎的道路上布满了荆棘。

从英莲到香菱，再到秋菱，曹雪芹在《红楼梦》中为她三次更名，每一个名字所对应的环境和命运，有着天壤之别。

香菱，是读者比较熟悉的一个称呼。曹雪芹借当初苏州葫芦庙的小沙弥也就是后来在应天府当值的门子之口，告诉贾雨村，被拐卖的小女孩就是葫芦庙旁甄老爷的女儿英莲。且不说得到甄士隐资助的贾雨村如何忘恩负义，只说说可怜而又可敬的女孩甄英莲。"被拐子打怕了"一语，浓缩了英莲多少不为人知的苦难！而"我原不记得小时之事"，又隐含了香菱心底对家乡对父母的多少思念！

更名为香菱的英莲，公开亮相于贾府时，仅是一个"笑嘻嘻的""才留了头的小女孩子"。在薛蟠迎娶夏金桂之前，香菱在和宝玉聊天时流露出对夏金桂的殷切盼望，"添一个作诗的人"。宝玉当时就提醒她，"不知怎么倒替你担心虑后呢"。人生识字忧患始，何况香菱那"平生遭际实堪伤"的人生！果然，薛蟠迎娶了夏金桂后，香菱被虐的人生又一次开启。从这时起，她的名字变成了秋菱。

宝钗有冷香，黛玉有奇香，香菱有清香。万物闻香止恶，夏金桂偏就不让"菱花"拥有自己的生命之香。至此，读者终于明了"一池沼，其中水涸泥干，莲枯藕败"的寓意。温柔贤淑的香菱遇到骄悍泼辣的夏金桂，再也回不到她的故乡。

"好防佳节元宵后，便是烟消火灭时。"一语成谶，世人欢歌笑语的元宵节，成为香菱的受难日。几番折磨，香菱跟随薛宝钗进入大观园，得到拜黛玉为师学诗的机会。

在香菱心里，写诗令人羡慕。钗黛虽难分伯仲，但黛玉的诗作更好，因为她本人就是诗，就是诗性的生命，所以说"黛玉自愿任师，一是于诗有自负，二则于香菱有所爱"。

香菱的求生欲望和艺术渴望，把悲叹本身、悲剧本身化作了生存颂歌和青春颂歌。"我们成日叹说可惜她这么个人竟俗了，谁知到底有今日。可见天地至公。"香菱对夏金桂说忘记了家乡父母，同情香菱的宝玉也认为香菱"连自己本姓都忘了"。香菱真的忘了自己姓甄吗？香菱真不记得故乡在何方吗？

香菱的故乡，绝对是好地方。《红楼梦》开篇就说："这东南有个姑苏城，城中阊门，最是红尘中一二等富贵风流之地。"香菱的家具体在什么方位？葫芦庙旁。"这阊门外有个十里街，街内有个仁清巷，巷内有个古庙，因地方狭窄，人皆呼作葫芦庙。"《红楼梦》给了读者路标。

站在阊门外，看着高大的门楼。"阊门"两个字下面，是车水马龙，是人潮汹涌。"天通阊阖风"，阊门始建于春秋时期，古苏州城八门之一，水陆交通要道，紧靠京杭大运河，明清时期曾是江南最繁盛的商业街——当然，现在仍然是！

大运河带来了商业和商人，阊门引来了游子和诗人。魏晋诗人陆机的《吴趋行》浪漫迷人："楚妃且勿叹。齐娥且莫讴。四座并清听。听我歌吴趋。吴趋自有始。请从阊门起。"明朝唐伯虎的《阊门即事》风流诱人:"世间乐土是吴中,中有阊门更擅雄。翠袖三千楼上下,黄金百万水西东。五更市卖何曾绝,四远方言总不同。若使画师描作画,画师应道画难工。"无论是诗是画,都道不尽苏州运河经济的鼎盛以及姑苏城的繁华。

公元825年,白居易任苏州刺史,在阊门至虎丘护城河间凿渠,与西北白洋湾自然河道相通,直达大运河,山塘河成为大运河北入苏州古城的重要水道。如今的山塘街依傍着山塘河,流淌着繁华,激荡着涟漪,"七里山塘"名动天下。

大运河承载过得意,也容得下失意。"月落乌啼霜满天,江枫渔火对愁眠。姑苏城外寒山寺,夜半钟声到客船。"唐代文人张继那首《枫桥夜泊》,早就让枫桥广为人知。到了明清时期,枫桥一带成为米豆交易市场,商市从"吴阊到枫桥,列市二十里"。而被誉为"花容兼玉质,侠骨共冰心"的秣陵教坊名妓李香君却只能背井离乡,从运河边的枫桥漂泊到了秦淮河畔,成为孔尚任戏剧《桃花扇》的女主角。

明朝天启四年(1624年),李香君(原姓吴)生于苏州阊门枫桥,因家道中落沦落烟花之地,成为"秦淮八艳"之一。崇祯十二年(1639年),与清初文章三大家之一的侯方域在南京相遇相恋。后来,侯方域顺应清廷,李香君撕碎定情信物桃花扇，遁入栖霞山葆真庵，与侯方域永不相见。

对历史人物李香君来说，"阊门外"是热血铺就的人生之路；对文学人物英莲来说，"阊门外"是一处没有返程的出发地。对明初的苏州人来说，"阊门外"同样是无奈的出发地和永远失落的故乡。阊门外，无论是地理位置、历史事件还是文学传统，一度预示着人们与故土的惨淡分离，连根拔起的无穷伤痛，隐喻着繁华过后成一梦，白茫茫一片大地真干净。

偌大的京都荣国府，装不下香菱的乡愁，"有命无运，累及爹娘"的香魂，死后返回了故乡。现实世界里，苏北辽阔的平原之上，也弥散着浓浓的驱不散的乡愁，像雾一样不清晰，像梦一样不真切。这延续了几百年的乡愁，来自明朝洪武年间的"洪武赶散"事件。

朱元璋在南京登基后，惩处苏州城内拥戴过张士诚的民众，"明主积怨，遂驱逐苏民实淮阳二州"。苏州十四万户被迫迁往朱元璋的老家凤阳和苏北平原。漕运繁荣时期，"南有苏杭，北有淮扬"。经历过战乱的苏北却萧索一片：江都县仅存十八姓，淮安城只剩下"槐树李、梅花刘、麦盒王、节孝徐等七家"，兴化县"土著绝少"，盐城一带"地旷衍，湖荡居多而村落少，巨室少，民无盖藏"。文史专家葛剑雄指出，明初移民的北界，大致在今天的连云港市、徐州市以及下辖邳州市一线。

扬州、泰州、淮安和盐城一带，有很多人自称"祖籍阊门"，认定自己的祖先是苏州移民。阊门正是苏州移民的出发点、集散地，因此，数百年来被苏北人视为永远的根。从族谱上来看，《水浒传》的作者施耐庵、扬州八怪之一的郑板桥，祖上也是明洪武年间自苏州阊门迁到兴化。

21 世纪以来，移民后裔回阊门寻根的多了起来，"阊门寻根纪念地"应运而生，望苏埠、寻根驿站、朝宗阁等纪念性建筑出现在苏州古运河畔。"阊门水码头"一石、"洪武迁徙碑"一方、《洪武赶散图》一幅，都让人沉浸到当年阊门移民迁徙的悲壮之中。

初秋，阊门外人潮涌动，衣袂飘飘。听评弹，看人潮，我坐在桥上发愣。

至此，我似乎理解了曹雪芹为何要把苏州阊门外作为甄英莲的家乡、故事的起点，如同理解了贾宝玉为何要在常州毗陵驿与父亲永别、向世俗告别。大运河畔的阊门外和毗陵驿，既是现实中他们回不去的故乡，也是睡梦中他们寻得到的精神家园。而他们为之"呆"为之"魔"的诗歌，则是他们构建的精神空间，是救赎，也是远方。

这么看来，成为"诗魔"的苏州女香菱，目的地从来都不是爱情，而是温柔富贵的故乡、观花修竹的父母，以及那个本名英莲的自己。成为自己，寻找自己，救赎自己，这是香菱毕生的使命。

香菱、黛玉、妙玉，都是姑苏人，她们的出身，或为当地"望族"，或为"书香之族"，或为"仕宦之家"。《红楼梦》中的姑苏，作为她们的出发点和目的地，承载着生命的诞生和灵魂的归宿。遗憾的是，姑苏虽是她们精神气度的源泉，却成了她们回不去的故乡。幸运的是，她们在大观园再造了一个精神故乡，诗意而宽松，短暂却永恒。

一些地名，先是知道，后是理解。徐志摩《翡冷翠的一夜》，"翡冷翠"其实是意大利的佛罗伦萨。《再别康桥》中，康桥就是英国的剑桥。我是什么时候知道这些常识的，忘了。我只记得自己初读时，根本不知道"翡冷翠"和"康桥"是怎么回事，在文学的世界里迷茫一片，触摸不到地理坐标。

"商人重利轻别离，前月浮梁买茶去。"白居易的《琵琶行》，我背得滚瓜烂熟，并且知道浮梁是一个地名，却不知道它原来隶属于瓷都景德镇，也不知道那里有所陶瓷大学。我既不清楚浮梁在哪里，也不确定《红楼梦》中的"玄墓"是墓名还是地名，是真实的还是虚构的。我被曹雪芹"假作真时真亦假"的游戏给弄蒙了。

玄墓，有人认为是黑色的坟墓，且煞有介事地引用甲骨文，说"玄"的本义为赤黑色，引申为深奥、玄妙之意。还有更耸人听闻的，说玄墓即是死人墓地，那妙玉竟在墓穴中住！

　　最是橙黄橘绿时，无意中读到周瘦鹃的随笔集《花弄影集》，一下子云开雾散，终于搞明白了玄墓是什么。

　　植物们在狂欢，《花弄影集》的"主角"是梅兰竹菊，开篇就是《湖山胜处看梅花》："一年之计在于春，一春出游之计最先在于探梅，而探梅的去处总说是苏州的邓尉；因为邓尉探梅，古已有之，非同超山探梅之以今日始了。邓尉山在吴县西南六十里，相传汉代有邓尉隐居于此，因以为名……"

　　"吴人非不好登山，一宿山中便愁绝。"引用明代诗人吴宽的《山行·登光福凤冈》诗，周瘦鹃把笔触从邓尉山转到玄墓山，"原来看梅并不限于邓尉山上，而梅树也散在四周的山野之间；即如和邓尉相连不断而坐落在东南六里的玄墓山就是一例，那边也可看梅，并且山上也是有不少梅树的。玄墓之得名，因东晋青州刺史郁泰玄葬在山上的缘故。现在此墓依然存在，位在圣恩寺的后面的山坡上……"

　　文中，周瘦鹃还提到一个探梅的古人，把玄墓的底蕴往深处探了探——明代高士归庄，和郁泰玄一样，选择了遁迹山林。归庄，字玄恭，江苏昆山人，明亡后，遁入山林，佯狂玩世，与顾亭林同享盛名，一时有"归奇顾怪"之称，遗作《观梅日记》，详记邓尉探梅事。"乱后二十年中，凡三至。"最后一次探梅，历时十日，第九天他游到玄墓山，记中只说："途中所见，无非梅花林也。"第十天上蟠螭，至石壁，经七十二峰阁，至潭东，记云："蟠螭者，在诸山之极西，梅杏千株，白云紫霞，一时蒸蔚。"

蟠螭山，太湖七十二峰之一，山上的石壁永慧禅寺至今还在羁绊着旅人的脚步。

"生逢盛世，百虑都忘，身处万花如海中，四时皆春，不知老之已至。"在《花弄影集》前言的下方，写着"一九六三年三月一日周瘦鹃识于苏州紫兰小筑之花延年阁"。从中，你可得出结论：玄墓因东晋青州刺史郁泰玄葬在山上而得名，20世纪60年代此墓依然存在。

《江南通志》卷十一不仅有类似的记载，而且提供了另外一条重要信息，"康熙二十八年，圣祖仁皇帝南巡驻跸寺中"。这座康熙帝驻跸的寺庙，就是玄墓山上的圣恩寺。

陈从周先生在《古建之美》中，从建筑的角度，告诉我们更多的内容，关于圣恩寺和香雪海，关乎兴衰荣辱。

"江苏吴县的邓尉以梅花著称于世，新春苞放，宛若香雪，因此又名香雪海，为诗人画家所歌颂，已非一朝一夕，而玄墓山为群山中之主峰，以晋青州刺史郁泰玄葬此而得名，今墓在圣恩寺后。寺系依山而筑，与光福寺同为邓尉名刹，并称于吴中。自明代以后逐渐扩展为巨大丛林，到清初玄烨（康熙）南巡，曾'驻跸'于此，所以山前'官路'修整，梵宇俨然，当时规模犹存什九，现寺内明代遗构，尚留一二，清初建筑为数尤多，蔚为一整齐的建筑群。至于面临太湖，柔波万顷，背负苍山，与香雪千林争妍，特其余事了。"

"天寿圣恩寺建于唐天宝间（742—756）。南宋宝祐中（1253—1258）又建圣恩禅庵。元季寺毁庵存。明初有万峰禅师者中兴此寺，到明季清初又大加扩充，遂成今日的规模。"陈从周先生写到了圣恩寺的历史变迁，也提到了藏经阁。

据民国十九年（1930 年）重刊本《邓尉山圣恩寺志》，此阁由诗人吴梅村建于清顺治十年（1653 年）。"大司成吴梅村母朱太淑人，法号本净，受菩萨戒，精研宗乘，捐赀建是阁成，属余书之并识岁月，时顺治丁酉四月初八日也，偶谐居士王时敏敬题。"阁上层的匾额是"清初四王之一"、画家王时敏所书。

玄墓山，阅尽了前世今生，也置身于诗歌典籍中，"山峰林立，林木葱倩，前一石屹立太湖中，若画屏然，上有万峰寺，楼阁翚飞，湖光掩映，亦湖中佳处"。如今，玄墓消失了，康熙、乾隆南巡到过的玄墓山犹在——曾因避玄烨的讳，更名为袁（元）墓山。玄墓山上没有妙玉修行过的蟠香寺，天寿圣恩禅寺自有命数，依然静立于天地之间。

蟠香寺是作者的杜撰还是在风云变幻中消失了，不得而知。即便真是作者的杜撰，这蟠香二字，也是汲取了此地的精华——蟠螭山、香雪海。形和味，都有了。

"气质美如兰，才华馥比仙"的妙玉，与蟠香寺的气质吻合、气味契合。她给读者出了三个题目：我从何处来？我到何处去？我这样的人生到底有没有意义？文学上的问题，也是哲学上的命题，困扰着栊翠庵的妙玉和庵外的芸芸众生。

在"贫贱之交"邢岫烟心中，有"半师之分"的妙玉是个什么样的人？邢岫烟对贾宝玉说，妙玉认为自汉晋五代唐宋以来皆无好诗，只有两句好，"纵有千年铁门槛，终须一个土馒头"，所以她自称"槛外之人"。

在和黛玉宝钗宝玉喝"梯己茶"时，十八岁的妙玉泡茶用的水，就是梅花雪水。十三岁的时候，她曾经在玄墓蟠香寺住过，收过梅花上的雪，埋入地下保存。

玄墓山得名，与郁泰玄的名字有关，也与他的性情有关。相传，去官隐居山里的郁泰玄"性仁恕"，善有善报，下葬之日，神奇的事情发生了，数千只燕子衔土而来，共堆其墓。玄墓得名，既因郁泰玄这个名，又因玄鸟衔土而葬这件事。

生前仁恕之人的玄墓，妙玉住过；对人宽厚的贾府，妙玉住过。但妙玉的结局似乎不妙，红颜还是屈从了白骨。玄墓是隐居人的归宿之地，妙玉先隐于姑苏玄墓蟠香寺，后隐居于京都贾府栊翠庵，最终葬身何处？

人生百年如寄，在耻辱和死亡面前，妙玉能否做到心甘情愿？栊翠庵中，妙玉遭劫，瓜洲渡口，"红颜屈从枯骨"，好在，她到人世间来过，在人间世走过。人类群星璀璨，妙玉如梦如幻。

妙玉是诗仙，就连孤标傲世的黛玉都在湘云面前称赞她："可见我们天天是舍近求远，现有这样的诗仙在此，却天天去纸上谈兵。"

妙玉是梅花仙子，在宝玉眼中，冬日栊翠庵的梅花和妙玉同样俏丽："有数株红梅如胭脂一般，映着雪色，分外显得精神，好不有趣！"声称讨厌妙玉为人的李纨，却对妙玉的红梅十分喜爱，忍不住"罚"宝玉去折一枝红梅来插瓶欣赏。李纨这聪慧而雅致的一罚，成全了宝玉"访妙玉乞红梅"的行为艺术。

栊翠庵清净之地，梅开如胭脂，玄墓山梅事更盛，"隔窗湖水坐不起，塞路梅花行转迟"。明代唐寅留下了"十里梅花雪如磨"的诗句。

清代江苏巡抚宋荦，和曹寅同处一个时代，有"天下第一巡抚"的美誉，春日过玄墓写过"看梅"诗："崦里梅花放，人家酒旆多。"周瘦鹃从玄墓山回来后，也曾怀之以诗："邓尉梅花锦作堆，千枝万朵满山隈。几时修得山中住，朝夕吹香嚼蕊来。"

有人说，"吴之山唯玄墓最僻，亦最奇"。玄墓山的僻和奇，恰似妙玉的"放诞诡僻"。妙玉从玄墓山来到荣国府，从蟠香寺遁进栊翠庵，深藏"僻"与"奇"，身藏宝物与秘密，"移植"了梅林和梅香，也引来了觊觎和唏嘘。

想象妙玉告别玄墓山时眼含热泪、坐在栊翠庵中内心发慌，我似乎也感应到了什么，不自觉地抵御起来。我的内心如那曲《广陵散》，戈矛纵横，纷披灿烂。

其时，我在人间天堂苏州。游览，倾听。

从阊门到震泽，运河一路相伴。无言，悠远。

后记 | 以第二作者之名

何圭襄

很多时候，我在想，如果没有第一作者，我将成为一个多么平庸多么无趣的人。是的，是她，点亮了我和我的人生。让我和以前不同，和他人不同。

第一作者，是我妻子。

这是我们俩的第三本合著作品。在第一部共同署名的作品《我俩的徐州》中，她是她，我是我。在第二部共同署名的作品《贾汪真旺》中，她中有我，我中有她。在这第三本合著作品《大河奋楫》中，她就是我，我就是她。

人过中年，更觉幸运——既为二人携手走过半生旅程，更为二人兴趣和爱好的相同、精神和灵魂的相通。英国作家毛姆在《刀锋》里说："在治学上有合群的狼，也有单身的狼。"在文学创作和漫漫人生中也是如此吧。

感谢第一作者，为完成本书所进行的所有采风和写作，每一次头顶烈日的出发，每一天挥汗如雨的写作，都明白无误地告诉我热爱的力量是多么强大！当然，写作并不仅仅是靠艰辛得以进行的。她广泛的学习和深入的阅读，使她得以在表现每一位受访者的时候，都能发现那个领域的更多知识、故事、人物、内涵。这对我们理解当下和我们笔下的人物，都具有非凡的意义。比如，她长期对《红楼梦》的探微式研究，她对古代朝鲜官员崔溥《漂海录》的邂逅式阅读，她对古琴、花木、砚台、刺绣、摄影的沉浸式了解……虽然体现在本书中的只是一则故事或一段感悟，但都令这本书具有了更为丰厚的文化养分。一个有责任感的写作者，难道不应该让他的读者从文章中接收到更多有价值的信息吗？

在这本书的创作过程中，我们常常议论起前人的种种优秀品质，比如吕凤子的才比天高和古道热肠，杨守玉的义薄云天和钻研创新，以及更为久远的——米芾的痴迷癫狂和不落俗套、唐顺之的耿直不阿和爱民如子。我们也常常议论起笔下今人的种种优秀品质，比如序守文的勇、单卫林的义、孙燕云的静、贺敬华的拼、李敏和夏正平的强……原来，优秀的品质不独独在古人身上体现，在今人身上同样绽放人性的温暖和光芒。

当今人成为古人，他们一样会在历史的幽深处继续发光。是的，古人、今人，无一例外地，他们的人性之光，汇聚成辉映历史天空的灿烂星河。我们身处这些具有高尚品格的人之中，真的有一份"醉后不知天在水，满船清梦压星河”的幸运。

　　作家阿来在《西高地行记》中说过："读历史，无论是朝代史，还是地方史，都孜孜于'国族神话'的构建。中心从来都是那些处于权力中枢的政教人物。汉文史，是皇帝权臣充任主角。藏文史，是高僧大德。都难见到小人物的身影。历史书中，几乎不见他们在时代迁递中的命运与感受。这时，我们得感谢文学，留下一些彼时彼地普通人生存状况的零星写照。"正是出于这样的考虑，我们本次创作将笔触对准了新时代运河畔的一群普通人。

　　出现在本书的主角们，每个人都有一手"绝活儿"。一些技艺进入了更广阔的生活，一些能人进入了更广阔的世界。

　　采风写作的过程中，我们力图以"活儿"证人，也以人验"活儿"。人和"活儿"的互相验证中，其实隐藏着一个小小的野心——沿着他们的人生，去梳理发现中国传统艺术和传统技艺的传承、流变、创新。

　　在历史的进程中，今人相比前人又走了多远？如何让后人理解当下的生存状态和情感质态？我们希望以此次创作为契机，为后人存留一份可能、一个路径，也为自己的文学之旅标记一个坐标。

　　之所以萌生出这样的野心，是想将人们从对权力和财富的无尽追逐中拽回来一点，从而回归内心、回归自我、回归传统。这样做，旨在赋予我们更广阔的视野，去研究中国传统、中国技艺、中国人文、中国精神。

我们的主角，因为他们的钻研，既活在过去的传统中，也活在今天的传承中，更活在未来的曙光中。所有的写作，都是写作者的一次自我观照、自我发现、自我启迪、自我成长。他人，是我们眼中的他人。换句话说，呈现在我们笔下的"他们"，其实有相当一部分就是我们自己。我们从"自己"出发，倾听、记录、呈现他们，却不自觉地带上了我们对人生、对品格、对文化等方面的认知和理解。这种奔赴，其实是双向的——他们在各个领域的卓越成就鼓舞了我们，他们在人生奋斗过程中的独特品质激励了我们。

感谢所有的受访者。如果这一本书写得还算不错，只能说，在我们与受访者之间达成了精神、人格方面的某种一致。生命的精彩，不正是"这一个"和"那一个"的彼此照亮吗？

感谢链接起我们和受访者的那些热心人。他们是苏州的杨佳靓、徐炳嵘、赵维康，无锡的魏平、孙梦，常州的马燕、纪萍，南京的李响，扬州的方晓伟、夏鹭、赵亚光，淮安的朱月娥、于兆文，宿迁的霍云、吕述谡、丁华明、刘成君，徐州的钦林文、吕峰。他们的名字以这种方式出现在本书中，下一次保不准会以主角的身份出现在其他作品里。让我们共同创造。

　　某些时候，也确实要感谢分离。儿子长年在异国他乡求学，从大学本科一路念到博士，站在科学的山峰上，感念着中国传统文化，不仅引领诗意父母看向更为旷达的远方，而且给父母留下大量的时间和空间——出游、阅读、采风、写作、讨论，让我们不必为庸常琐碎的事情操心分神。因为工作的原因，我们夫妇共同厮守的时间极其紧缺，却有了意外收获——给彼此留出了思考的可能以及独立表达的冲动。在这种情况下，相聚和团圆因期待而变得弥足珍贵，家庭成员之间的情感关系和精神塑造反而得以密切。一家三口，各自忙着自己的事情，又乐于分享那些在各自领域里收获的见闻。由此，我们的写作奇妙起来，既属于这个三口之家，又属于家中的每一个成员。

　　这本书，从"动议"到写成，用去两年多的时间。隔绝时，读万卷书——快递忠实地绘制出我们的阅读地图；阳光下，行万里路——车票忠诚地保守着我们的行走秘密。每一次走近运河，甚至想起运河，她都以自己的悠长、宽阔、深沉、明澈，对我们施以援手——这是一条坚韧的大河，更是一条治愈的大河。

士无故不撤琴瑟。这段人生历程，也正是我们身处困境、极力突围的时期——其间的经历足够写一两本书了。好在，爱好文学的人可以被文学所爱。文学是我们所能拥有并虔诚使用的避难所和桃花源，让我们得以超脱，得以超拔。

感谢所有的遇见。

正如每一滴河水都滋养了一条生命，每一种强烈的人生感受也被我们灌注到一粒粒文字当中。但愿，每一个篇章都是一方花田，每一粒文字都是一朵鲜花，那里有茉莉，有玫瑰，有苍兰，有野蓟。请您放眼去望，花儿盛开在河流的两岸。请您低头一嗅，花香飘散在河流的两岸。

本书付梓之前，我们的又一部作品入选大型报告文学《十万里山河壮阔——中国式现代化江苏新实践新图景》列入创作计划。新的旅途即将开启，江苏"南大门"——苏州市吴江区震泽古镇正等着我们。

猛一回首，纪实文学的创作已经进行七八年，这时候难免会想到起点处的江苏"北大门"——徐州市贾汪区。从《贾汪真旺》的"汪"，到震泽的"泽"，恰好由《大河奋楫》中的那条京杭大运河串起，或静水流深，或大水汤汤，或汪洋恣肆。

我们的一生从未离开江河，我们的文学生命亦是如此。数十万字，如大珠小珠落玉盘，奏响了我们的"江河三部曲"——江苏的江、运河的河。

　　让我们在下一部作品中再见。